cette collection devait avoir dix volumes,
quatre seulement ont paru..

Chez CHAUMEROT
Pal...

ÉPISTOLAIRE

DES FEMMES CÉLÈBRES

DU SIÈCLE DE LOUIS XIV,

SUIVIE DES

SOUVENIRS DE M.ᵐᵉ DE CAYLUS;

(Pour faire suite aux Lettres de Mesdames de Sévigné,
Maintenon, du Deffant, Lespinasse, et du Chatelet);

Accompagnées de Notices biographiques et de
Notes explicatives.

———

CETTE Collection formera 10 volumes in-12;
elle se composera et paraîtra ainsi qu'il suit :

*cette collection devait avoir dix volumes,
quatre seulement ont paru.*

marq.

Tome V. — De mademoiselle de Montpensier,
de mesdames de Motteville et de
Montmorency, de mademoiselle
Dupré, et de madame la marquise de Lambert.

Tome VI. — De mesdames de Scudéry, de
Salvan de Saliez, et de mademoiselle Descartes.

Tome VII. — De madame la princesse des
Ursins.

Tomes VIII et IX. — De madame de Staal
(mademoiselle Delaunay).

Tome X et dernier. Souvenirs de madame de
Caylus.

Le prix de la souscription à cette Collection
épistolaire, formant 10 volumes in-12, est de
25 francs.

On paie au fur et à mesure de la mise en
vente, 2 fr. 50 c. par volume.

Chaque volume se vend séparément 3 fr.

Port pour la province, 60 c. par volume.

Chez CHAUMEROT JEUNE,
Palais-Royal, Galeries de bois, n.º
Et chez les principaux Libraires.

Cette Collection manquait depuis lo
dans le commerce de la Librairie ; nou
que le public l'accueillera de nouv
plaisir ; les noms célèbres qui y sont
nous dispensent d'en faire l'éloge. Nou
tons spécialement sous la haute prote
Dames.

Imprimerie de P.-N. ROUGERON, rue de l'Hirondelle

COLLECTION

ÉPISTOLAIRE

DES FEMMES CÉLÈBRES

DU SIÈCLE DE LOUIS XIV,

SUIVIE DES

SOUVENIRS DE M.ᵐᵉ DF CAYLUS;

(Pour faire suite aux Lettres de Mesdames de Sévigné,
Maintenon, du Deffant, Lespinasse et du Chatelet).

TOME PREMIER,

CONTENANT LES LETTRES DE MESDAMES DE VILLARS, DE
LA FAYETTE ET DE TENCIN;

Accompagnées de Notices biographiques et de
Notes explicatives.

-◦◦•◦⬩═◦═⬩◦•◦◦-

PARIS.

CHAUMEROT JEUNE, LIBRAIRE,

PALAIS-ROYAL, GALERIES DE BOIS, N.º 189;
Et chez les principaux Libraires.

1823.

LETTRES

DE

Mmes DE VILLARS,

DE LA FAYETTE,

ET DE TENCIN.

DE L'IMPRIMERIE DE P.-N. ROUGERON.

LETTRES

DE

M.ᵐᵉˢ DE VILLARS,

DE LA FAYETTE,

ET DE TENCIN;

Accompagnées de Notices biographiques et de
Notes explicatives.

PARIS.

CHAUMEROT JEUNE, LIBRAIRE,
PALAIS-ROYAL, GALERIES DE BOIS, N.º 189;
Et chez les principaux Libraires.

1823.

LETTRES

DE

MADAME DE VILLARS.

NOTICE

SUR

MADAME DE VILLARS.

MARIE DE BELLEFONDS , fille de Bernardin *Gigault de Bellefonds* , aïeul du maréchal de ce nom, fut mariée au marquis *de Villars*. Le vainqueur de Denain, le célèbre maréchal *de Villars* , fut le fruit de ce mariage.

M. le marquis *de Villars* fut envoyé ambassadeur auprès de *Charles II*, roi d'Espagne , au moment où ce prince épousa Marie-Louise *d'Orléans*, fille de *Monsieur*, frère de *Louis XIV* et de Henriette-Anne *d'Angleterre*, sa première femme.

Madame *de Villars* suivit son mari dans cette ambassade , qui ne dura guère plus de dix-huit mois. Pendant son séjour à Madrid, elle écrivit à madame *de Coulanges*. Il ne nous est parvenu que trente-sept Lettres de cette correspondance ;

I.

elles commencent au 2 novembre 1679, et finissent au 15 mai 1681. Elles contiennent des détails très-curieux sur le caractère du roi et de la reine, sur leur manière de vivre, sur les intrigues et l'étiquette de leur cour, enfin sur les mœurs et les usages de l'Espagne. Une preuve de la confiance qu'elles méritent, c'est que le président *Hénault*, écrivain sévère dans le choix de ses autorités, les cite, en parlant du pouvoir absolu que les ministres de l'Empereur exerçaient à la cour de *Charles II* (1). Du reste, elles sont écrites d'un style simple, facile et agréable; c'est celui d'une femme, qui à beaucoup de sens et d'esprit naturel joignait ce ton délicat et fin qui distingue la bonne compagnie. Ces Lettres étaient lues avec beaucoup de plaisir par les personnes les plus spirituelles de la plus aimable société qui ait peut-être jamais existé. Qui pourrait se piquer d'être plus difficile qu'elles? Voici ce que madame *de Sévigné* écrivait à sa fille, au sujet des lettres de madame *de Villars*. « Madame *de Villars* » mande mille choses agréables à madame *de* » *Coulanges*, chez qui on vient apprendre les

(1) *Abrégé chronologique de l'Histoire de France*, tom. 3, pag. 846.

» nouvelles. Ce sont des relations qui font la
» joie de beaucoup de personnes ; M. *de la*
» *Rochefoucault* en est curieux ; madame *de*
» *Vins* et moi, nous en attrapons ce que
» nous pouvons. Nous comprenons les raisons
» qui font que tout est réduit à ce bureau
» d'adresse ; mais cela est mêlé de tant d'amitié
» et de tendresse , qu'il semble que son tempé-
» rament soit changé en Espagne. Cette reine
» d'Espagne est belle et grasse ; le roi amou-
» reux et jaloux sans savoir de quoi, ni de qui ;
» les combats de taureaux affreux ; deux grands
» pensèrent y périr ; leurs chevaux tués sous
» eux ; très-souvent la scène est ensanglantée.
»*Voilà les divertissemens d'un royaume chré-
» tien ; les nôtres sont bien opposés à cette des-
» truction et bien plus aisés à comprendre (1). »
Madame *de Sévigné ,* dans une autre lettre à
madame *de Grignan ,* avait déjà parlé ainsi de
celles de madame *de Villars.* «Madame *de Vil-*
» *lars* n'a écrit uniquement , en arrivant à
» Madrid , qu'à madame *de Coulanges ;* et
» dans cette lettre, elle nous fait des com-
» plimens à toutes nous autres vieilles amies.

_____

(1) Lettre de madame *de Sévigné* à madame de *Grignan,*
du 8 octobre 1679.

1.

» Madame *de Schomberg* , mademoiselle *de*
» *Lestrange* , madame *de la Fayette* , tout est
» en un paquet. Madame *de Villars* dit qu'*il*
» *n'y a qu'à être en Espagne pour n'avoir plus*
» *d'envie d'y bâtir des châteaux* (1). Vous voyez
» bien qu'elle ne pouvait mieux adresser sa
» lettre, puisqu'elle voulait mander cette gen-
» tillesse (2). »

Madame *de Villars* mourut le 24 juin 1706,
âgée de 82 ans.

Ses Lettres étaient entre les mains de M. le
chevalier *de Perrin* , éditeur de celles de madame *de Sévigné* , qui se disposait à les faire
imprimer, lorsqu'il mourut en 1754. Elles l'ont
été depuis sur le manuscrit que l'on a trouvé
dans ses papiers.

(1) Cette phrase est une preuve que toutes les Lettres de
madame *de Villars* à madame *de Coulanges* n'ont pas été
conservées ; elle ne se trouve dans aucune de celles qui nous
restent.

(2) Lettre de madame *de Sévigné* à madame de *Grignan*,
du 28 février 1680.

LETTRES

DE

MADAME DE VILLARS,

A MADAME DE COULANGES.

~~~~~~~~~~~~~~~~~~~~~~~~~~~~~~~~~~~~~~~

LETTRE PREMIÈRE.

Madrid, 2 novembre 1679.

ME voici enfin à Madrid, où je suis résolue d'attendre tranquillement le retour du
Roi, et l'arrivée de la reine, sa femme. Je
n'ai pas eu le courage d'aller à Burgos. M. *de
Villars*, qui m'attendait ici, est parti pour
rejoindre le roi, qui va chercher la reine
d'une telle impétuosité, qu'on ne peut le
suivre; et si elle n'est pas encore arrivée à
Burgos, il est résolu d'emmener avec lui
l'archevêque de cette ville-là, et d'aller

jusqu'à Vittoria, ou sur la frontière, pour
épouser cette princesse. Il n'a voulu écouter aucun conseil contraire à cette diligence. Il est transporté d'amour et d'impatience. Ainsi, avec de telles dispositions, il
ne faut pas douter que cette jeune reine ne
soit heureuse. La reine douairière, qui est
très-bonne et très-raisonnable, souhaite passionnément qu'elle soit contente. Je trouvai,
en venant, toutes les dames et tous les offi-
ciers de sa maison, qui est très-nombreuse,
auprès de Burgos. La duchesse *de Terranova,*
sa *camarera mayor,* fit arrêter sa litière auprès de la mienne. Elle me parut spirituelle et
très-honnête; point aussi vieille que je me
l'étais figurée. Toutes les dames et filles d'honneur me montraient de loin leurs mouchoirs
que l'on met en l'air en signe d'amitié. Je pensai oublier d'en faire autant; et, si ma fille ne
m'en eût fait aviser, j'allais débuter par une
grande sottise. Vous ne sauriez vous imaginer quelles honnêtetés je reçois ici. La reine
mère m'a envoyé son majordome pour savoir comment je me trouvais des fatigues de

mon voyage, et me donner beaucoup de marques de bonté. On dit qu'elle n'a pas accoutumé d'en user de la sorte avec les autres ambassadrices ; ce n'est pas à mon médiocre mérite que j'attribue cet honneur.

Je n'ai pas encore voulu recevoir de visites. J'attends le retour de M. *de Villars.* Il y a tant de manières et tant de cérémonies à observer, qu'il faut qu'il m'instruise de tout, depuis les moindres choses jusques aux plus importantes. Rien ne ressemble ici à ce qui se pratique en France.

Don *Juan* est mort de chagrin ; le roi commençait à lui en donner, en rappelant, sans lui en parler, plusieurs grands qu'il avait exilés.

Je ne sais si la princesse *d'Harcourt* entrera dans le carrosse de la reine.

La connétable *Colonne* m'a envoyé visiter. Elle est toujours dans son couvent, dont elle s'ennuie fort ; elle espère en sortir quand la reine sera ici, et loger chez sa belle-sœur, la marquise *de los Balbasès.* L'abbé *de Villars,* qui l'alla voir l'autre jour, l'a trouvée très-bien faite, et j'entends dire qu'elle n'est pas reconnaissable de ce qu'elle était en France : c'est une taille charmante, un teint clair et net, de beaux yeux, des dents blanches, de beaux cheveux. Elle a fait un livre de sa vie, qui est déjà traduit en trois langues, afin que personne n'ignore ses aventures : il est fort divertissant. Elle est habillée à l'espagnole, d'un fort bon air, mais ayant retranché et augmenté, ce qui en effet est mieux.

LETTRE II.

Madrid, 30 novembre 1679.

On ne peut mener une plus plaisante vie que celle que je mène ici depuis mon arrivée, ne faisant aucune visite, et n'en voulant recevoir qu'après le retour de M. *de Villars.* Je sors quelquefois, quand il fait beau, pour aller, ce qu'on appelle *tomar el sol* (1), hors des portes. Le soleil est très-

(1) Littéralement, *prendre le soleil.*

agréable en cette saison. Il faut soigneusement tirer tous les rideaux du carrosse, dans la ville, autrement on passerait pour n'être pas honnête femme, et par tout pays il serait fâcheux de se décrier pour un si petit sujet.

Les ducs *d'Ossone* et *d'Astorga* se sont fort querellés devant la reine. L'on a jugé que le premier avait tort, et on l'a envoyé ici attendre les ordres du roi. Je ne sais plus quelle charge il a (1); mais les bruits de Madrid sont que le marquis *de los Balbasès* la pourrait bien avoir. Je n'ai point encore vu de beautés espagnoles.

M. *de Villars* vient d'arriver de Burgos. Il m'a conté beaucoup de détails de tout ce qu'il vient de voir. Il se flatte que le prince et la princesse *d'Harcourt* auront été contens de lui. Il m'a parlé de la plus belle robe du monde qu'avait la princesse. Madame *de Grancey* a très-bien fait, et s'est

(1) Gouverneur du Milanais, conseiller d'état, président du conseil des ordres, et grand écuyer de la reine.

1..

fort bien servie de son temps de faveur auprès de la reine pour ne lui donner que
de très-bons conseils. On croit qu'elle aura
du roi catholique une pension de deux mille
écus. On ne sait point encore si elle vien-
dra jusques ici. Elle paraissait fort tentée
de s'en retourner avec la princesse *d'Harcourt.* Le roi et la reine viennent seuls
dans un grand carrosse sans glaces, à la
mode du pays. Il sera fort heureux pour
eux qu'ils soient comme leur carrosse. On
dit que la reine fait très-bien : pour le roi,
comme il était fort amoureux avant que de
l'avoir vue, sa présence ne peut qu'avoir
augmenté sa passion. Elle reçut le roi avec
un très-bel habit à la française, et une
quantité surprenante de pierreries ; mais elle
le quitta le lendemain pour s'habiller à l'espagnole; et le roi la trouva beaucoup mieux.
Madame *de Grancey* en mit un aussi, que
la reine lui donna, et se coiffa à l'espagnole;
ce qui lui sied fort bien. Elle était avec les
dames d'honneur, qui sont proprement les
filles de la reine. Elles passent toutes deux à

deux , après la comédie : devant le roi et la reine ; faisant leurs révérences : madame *de Grancey* figurait avec une qui était de fort bonne grâce. Je n'ai point entendu dire que la maréchale *de Clérembault* figurât avec personne , mais qu'elle parlait fort bien espagnol. Le roi et la reine seront ici dans trois jours , et viendront demeurer à Buen-Retiro , maison royale , aux portes de Madrid , jusqu'à ce que tout soit prêt pour l'entrée de la reine. Que j'appréhende de m'habiller , et de commencer à sortir ! Je ne suis point du tout née pour représenter.

Je viens d'apprendre que Madame de *Grancey* est partie de Burgos pour Paris , avec le prince et la princesse *d'Harcourt.* Elle a eu mille louis , deux mille écus de pension , et un présent de diamans de dix-huit cents ou deux mille pistoles , tout pareil à celui qu'on a donné à la maréchale *de Clérembault.* Il y en a eu deux autres de trois mille pistoles pour le prince et la princesse *d'Harcourt.* Toutes les fem-

mes , hors les deux nourrices de la reine ,
et deux autres filles , ont été renvoyées.
Une vieille sous-gouvernante , nommée mademoiselle *Fauvelet*, est morte en chemin ;
mais si bien en chemin , que son âme est
partie de ce monde pour l'autre de dedans
sa litière , ayant toujours voulu suivre ,
quelque malade qu'elle fût. Elle mourut peu
d'heures avant que d'arriver au lieu où le
roi vint trouver la reine , et où ils se sont
mariés.

La reine avait perdu en chemin mille pistoles contre le prince et la princesse *d'Harcourt*, et autres personnes qui l'accompa-
gnaient. Quand leurs majestés furent parties ,
les joueurs eurent grand'peur de n'être pas
payés ; mais ils furent agréablement surpris
par l'arrivée d'une bourse où était cette
somme.

Ne trouvez-vous pas que madame *de
Grancey* a fait un agréable voyage ? Tout le
monde dans cette cour est fort content
d'elle. Le prince et la princesse *d'Harcourt*
vaient un très-beau train , une grande

table , et se sont fort bien acquittés de leur emploi. Leur entrée à Burgos fut trouvée fort belle. Le prince *d'Harcourt* s'est très-bien gouverné, et l'on est ici très-satisfait de l'un et de l'autre. Vous pouvez en assurer M. *de Brancas* (1).

LETTRE III.

Madrid, 14 décembre 1679.

Peu après que la reine a été ici, elle a témoigné beaucoup d'envie de me voir et me l'envoya dire. Je répondis que j'étais fort sensible à l'honneur qu'elle me faisait. Elle me fit dire pour la seconde fois qu'elle avait prié le roi que j'y allasse *incognito*, parce que, jusqu'à ce qu'elle ait fait son entrée, et qu'elle soit logée dans le palais, personne ; homme ni femme , ne la verra. On envoya à la *camarera mayor*, pour lui dire ce que la reine avait mandé , et la

_____

(1) Père de la princesse *d'Harcourt*.

permission que le roi lui avait donnée de me voir *incognito*. La *camarera* répondit qu'elle ne savait point cela. Le gentilhomme espagnol, que nous lui avions envoyé, la supplia de vouloir s'en informer; elle répondit qu'elle n'en ferait rien, et que la reine ne verrait personne, tant qu'elle serait au Retiro. Nous fîmes savoir à la reine la diligence que nous avions faite : on ne pouvait pas moins après l'envie qu'elle avait témoignée que j'eusse l'honneur de la voir. Après cela, nous nous sommes tenus en repos. Je n'ai pas même voulu aller à l'église, où l'on peut la voir d'une tribune, de peur qu'on ne m'accusât de trop d'empressement. Le roi en a un très-grand pour elle. Il ne voudrait jamais la perdre de vue. Cela est très-obligeant, mais, pour en revenir à cette envie de me voir, je fus dimanche, pour la première fois, rendre mes devoirs à la reine mère, qui est bonne, obligeante, disant tout ce qu'elle peut et tout ce qu'il faut pour plaire. Elle me demanda si je n'avais pas encore vu la reine, sa belle-fille,

Je lui dis que non. Elle me répondit : Elle a fort envie de vous voir ; vous la verrez dès que vous le voudrez , et dès demain. Ce demain est aujourd'hui. Je vous écris tout ceci par avance. Ce sera sur les quatre heures que je me rendrai à cette audience de la reine. Je vous rendrai compte comme tout cela m'aura paru. On dit qu'elle se conduit fort bien : j'en suis persuadée. Aucun Français ne l'a vue. Il y a deux jours que la marquise *de los Balbasès* voulut la voir : elle alla dans l'appartement de la *camarera*, qui touche à celui de la reine. Dès que la jeune princesse le sut , elle y vint tout aussitôt ; mais comme elle voulut parler à la marquise, la *camarera* prit la reine par le bras, et la fit entrer dans sa chambre. Ce sont des usages qui ne sont pas si extraordinaires ici qu'ils le seraient ailleurs.

LETTRE IV.

Je fus hier au Retiro, cette maison où le
roi et la reine sont présentement. J'entrai
par l'appartement de la *camarera mayor,*
qui me vint recevoir avec toutes sortes
d'honnêtetés; elle me conduisit par de petits passages dans une galerie où je croyais
ne trouver que la reine; mais je fus bien
étonnée quand je me vis avec toute la famille royale; le roi était assis dans un grand
fauteuil, et les reines sur des carreaux. La
camarera me tenait toujours par la main,
m'avertissant du nombre de révérences que
j'avais à faire, et qu'il fallait commencer par
le roi. Elle me fit approcher si près du fauteuil de sa majesté catholique, que je ne
comprenais point ce qu'elle voulait que je
fisse. Pour moi, je crus n'avoir rien à faire
qu'une profonde révérence; sans vanité, il
ne me la rendit pas, quoiqu'il ne me parût

pas chagrin de me voir. Quand je contai cela à M. de *Villars*, il me dit que sans doute la *camarera* voulait que je baisasse la main à sa majesté. Je m'en doutai bien, mais je ne m'y sentis pas portée. Il m'ajouta qu'elle avait proposé à la princesse d'*Harcourt* de baiser cette main, et que, sur l'avis que cette princesse lui en avait demandé, il lui avait répondu de n'en rien faire.

Me voilà donc au milieu de ces trois majestés ; la reine mère me disant, comme la veille, beaucoup de choses obligeantes, et la jeune reine me paraissant fort aise de me voir. Je fis ce que je pus pour qu'elle ne le témoignât que de bonne sorte. Le roi a un petit nain flamand qui entend et qui parle très-bien français. Il n'aidait pas peu à la conversation. On fit venir une des filles d'honneur, en *guarda-infante* (1), pour me faire voir cette machine. Le roi me fit demander comment je la trouvais, je répon-

_____

(1) C'est une espèce de panier.

dis au nain que je ne croyais pas qu'elle eût
jamais été inventée pour un corps humain. Il
me parut assez de mon avis. On m'avait fait
donner une *almohada* (1). Je m'assis seulement un instant pour obéir, et je pris aussitôt une légère occasion de me tenir debout,
parce que je vis beaucoup de *segnoras de
honor* qui n'étaient point assises, et que je
crus leur faire plaisir de faire comme elles : je
me tins donc toujours debout, quoique les
reines me dissent souvent de m'asseoir. La
jeune fit une légère collation servie à ge-
noux par ses dames, qui ont des noms ad-
mirables, et qui ne prétendent pas moins
être que des maisons d'Arragon, de Portugal, de Castille, et autres des plus grandes.
La reine mère prit du chocolat : le roi ne
prit rien.

La jeune reine, comme vous pouvez
penser, était habillée à l'espagnole, de ces
belles étoffes qu'elle a apportées de France ;
très-bien coiffée, ses cheveux de travers sur

_____

(1) Coussin.

le front, et le reste épars sur les épaules.
Elle a le teint admirable, de beaux yeux,
la bouche très-agréable quand elle rit. Que
c'est une belle chose de rire en Espagne!
Mais il est plaisant que je vous fasse le portrait de la reine.

Cette galerie est assez longue, tapissée de
damas ou de velours cramoisi, chamarré fort
près à près de larges passemens d'or. Depuis
un bout jusqu'à l'autre, est le plus beau
tapis de pied que j'aie jamais vu; des tables,
cabinets et brâsiers, des flambeaux sur les
tables; et de temps en temps, on voit des
menines très-parées, qui entrent avec deux
flambeaux d'argent pour changer quand il
faut moucher les bougies. Elles font de
grandes et longues révérences de bonne
grâce. Assez loin des reines, il y avait quelques filles d'honneur assises à bas, et plusieurs dames d'un âge avancé, avec leurs
habits de veuves, debout, appuyées contre
la muraille. Le roi et la reine s'en allèrent
après trois quarts d'heure, le roi marchant
le premier. La jeune reine prit sa belle-mère

par la main, passant devant à la porte de la
galerie, après quoi elle revint plus vîte que
le pas me retrouver. La *camarera mayor* ne
revint point, et il parut assez qu'on lui donnait toutes sortes de libertés de m'entretenir.
Il ne demeura qu'une vieille dame fort loin.
Elle me dit que, si la dame n'y était pas, elle
m'embrasserait bien. Il n'était que quatre
heures quand j'arrivai là ; il en était sept et
demie avant que j'en sortisse, et ce fut moi
qui voulus sortir.

Je vous assure, madame, que je voudrais
que le roi, la reine mère et la *camarera
mayor* eussent pu entendre tout ce que je
dis à la princesse. Je voudrais que vous le
sussiez aussi, et que vous nous eussiez pu
voir nous promener dans cette galerie que
les flambeaux rendaient très-agréable. Cette
jeune reine, dans la nouveauté et la beauté
de ses habits avec une infinité de diamans,
était ravissante.

Imaginez-vous une fois pour toutes, que
le noir et le blanc ne sont pas plus différens
que la vie d'Espagne et celle de France. Il

me semble que cette jeune princesse fait
très-bien. Elle voudrait que j'eusse l'honneur de la voir tous les jours ; je l'assurai
que j'en serais charmée, mais je la suppliai de
m'en dispenser à moins qu'on ne me fît voir
clair comme le jour que le roi et la reine
mère le souhaitaient presqu'autant qu'elle.
La *camarera mayor* me vint prendre à la
porte de la galerie pour me reconduire. Je
trouvai là des femmes françaises de la reine,
auxquelles je dis qu'il fallait apprendre l'espagnol, et s'empêcher, autant qu'il leur serait possible, de dire un mot de français à
la reine. Je savais qu'on les grondait un peu,
quand elles lui parlaient trop souvent. Je dis
en espagnol à la *camarera mayor,* ce que
je disais à ces Françaises : elle m'en sut un
très-bon gré. Voilà à peu près, madame,
tout ce que je puis vous mander de cette
première visite.

Si vous aviez été aujourd'hui ici, vous
auriez eu le plaisir de voir au travers d'une
porte le plus beau nonce du monde et le
mieux disant. Il parle un espagnol tout-à-fait

aisé. Je l'ai reçu en cérémonie tout à mon
aise sur des carreaux, et lui dans un fauteuil.
Il m'a fort parlé de *Charles-Quint*. J'étais
un peu honteuse d'en être si peu instruite;
je n'en ai pas fait semblant; je disais quelques mots par-ci, par-là, rappelant dans
ma mémoire beaucoup de beaux endroits,
dont mon fils aîné m'a entretenue quelquefois. Mon fils l'abbé, qui m'assistait en cette
occasion, a beaucoup brillé dans cette conversation, et n'y a pas moins paru que sur
les bancs de Sorbonne.

M. *de Villars*, qui revient de la ville, se
met à vos pieds, pour parler en termes espagnols. Il me vient d'avouer qu'il a passé
son après-dînée chez cette femme dont vous
lui avez vu le portrait. Il dit qu'elle n'a plus
de beauté, mais bien de l'esprit. J'en jugerai
incessamment; car il veut que ce soit une
des premières dont je reçoive visite.

Adieu, madame : si ma lettre ne vous
prouve le plaisir que je prends à penser à
vous, et à vous entretenir, je ne sais pas ce

qu'il faut faire pour vous le persuader. Peut-
être aimeriez-vous mieux en douter; car
cette lettre est bien longue pour une personne comme vous, au milieu de la bonne
compagnie et des plaisirs. Telle cependant
que vous voyez cette lettre, il y a mille choses que je ne vous mande point, et que je
vous dirais bien. Je ne pense point, quand
tout le monde verrait ceci, que je pusse en
recevoir ni reproche ni blâme. Cependant
usez-en avec prudence.

LETTRE V.

Madrid, 27 décembre 1679.

J'ai reçu depuis peu mes visites. La manière dont se passe cette cérémonie, est une
chose assez singulière. Premièrement, dès
que j'ai été arrivée, toutes les dames, princesses, duchesses, Grandes, ont envoyé
plusieurs fois me complimenter, et s'informer avec soin quand elles pourraient me
voir, chacune voulant être avertie des pre-

mières. Enfin ce temps est venu ; il y a quelques jours qu'on leur fit savoir que je recevrais le monde trois jours de suite. On envoie un page chez toutes celles qui ont envoyé, avec des billets qu'on nomme *nudillos*, parce qu'en effet ce sont des billets noués. Ce fut la marquise d'*Assera*, veuve du duc *de Lerme*, que j'ai vue en France, et qui croit que je lui ai rendu quelque petit service, qui fit les trois jours les honneurs de ma maison. La dame de ce portrait qu'a M. *de Villars*, les a faits aussi. Je crois qu'elle a été belle, et même qu'elle le serait encore passablement, sans cette épouvantable coiffure de veuve qu'elle porte. Il n'est pas possible à quelque belle personne que ce soit, de le paraître avec cet accoutrement ; et je ne sais pas comment une veuve qui serait un peu galante, et qui compte sur sa beauté, ne se remarie pas tout au plus tard au bout de l'an. Cette dame a bien de l'esprit, et est honnête et polie. Je ne vous dirai point les pas comptés que l'on fait pour aller recevoir les dames, les unes à la première estrade, les autres à la seconde ou à la troisième; car, par parenthèse, j'ai un très-grand appartement. Tirez de là, en soupi-rant pour moi, la conséquence de ce qu'il m'en coûte à le meubler. Il faut, en entrant et en sortant, passer devant toutes ces dames. Celle qui me conduisait avait assez d'affaire à me redresser, car j'oubliais sou-vent le cérémonial. Ces visites durent tout le jour. On les conduit dans une chambre couverte de tapis de pied, un grand brâsier d'argent au milieu. Je n'oublierai pas de vous dire que dans ce brâsier, il n'y a point de charbon, mais de petits noyaux d'olives qui s'allument, et qui font le plus joli feu du monde, une petite vapeur douce. Ce feu dure plus que la journée. La manière de s'entretenir et de se faire des amitiés, se-rait trop longue à vous dire. Toutes ces femmes causent comme des pies dénichées; très-parées en beaux habits et pierreries, hors celles qui ont leurs maris en voyage ou en ambassade. Une des plus jolies, sans

comparaison (1), était vêtue de gris par
cette raison. Pendant l'absence de leurs maris, elles se vouent à quelque saint, et portent, avec leur habit gris ou blanc, de petites ceintures de corde ou de cuir. Je ne
puis vous dépeindre aucune beauté, car je
n'en ai point vu : la connétable de Castille
est des mieux faites. Mais revenons à notre
brâsier : toutes assises sur nos jambes, sur
ces tapis; car, quoiqu'il y ait quantité d'*al-
mohadas*, ou carreaux, elles n'en veulent
point. Dès qu'il y a cinq ou six dames, on
apporte la collation, qui recommence une
infinité de fois. On présente d'abord de
grands bassins de confitures sèches : ce sont
des filles qui servent; après cela quantité de
toutes sortes d'eaux glacées, et puis du chocolat; ce qu'elles ont mangé ou emporté de
marrons glacés, qu'elles nomment *casta-
gnas*, ne se peut comprendre, tant elles les

(1) La marquise *del Carpio*, femme du marquis de
Liche, alors ambassadeur à Rome.

trouvent bons. Il règne une grande honnêteté parmi elles ; touchées de plaire et de
faire plaisir : avec tout cela , madame, que
je fus aise de me trouver à la fin de mes
trois jours! La plupart me sont venu voir
deux fois; trois ou quatre entendent et parlent un peu le français, et moi très-peu
l'espagnol. Si ce récit vous paraît trop long,
gardez-le pour le mettre en la place de la
lecture que vous faites quelquefois les soirs.
Il n'a tenu qu'à moi de vous faire encore un
détail des comédies et de leurs machines.
La reine, avec qui je me suis trouvée deux
fois comme elle y allait, m'y a voulu mener;
mais jusqu'ici je m'en suis exemptée par m'y
figurer un ennui mortel, et je lui ai dit que
j'irais quand elle serait au palais. Cette
jeune reine est assurément plus belle et plus
aimable que toutes les dames de sa cour.
Elle n'a point encore fait son entrée; on dit
que le deux du mois prochain on saura le
jour destiné à cette cérémonie : il y a des
soupçons sur une grossesse. A l'égard de ne
la pas voir aussi souvent quelle me témoi-

gne le souhaiter, ce que je fais jusqu'à la
dureté, ce n'est pas que je méprise cet hon-
heur, et que je n'en sache faire tout le cas
que je dois; mais je crains plus que je ne
puis vous le dire, qu'on ne me puisse accuser de trop d'empressement. Ce que la
princesse fera de bien ou moins bien, ne
me doit point être attribué; elle se conduit
fort prudemment; il n'aurait pas été plus
mal qu'on lui eût donné en France quelque
bonne tête en qui elle eût confiance; cette
cour est remplie de plusieurs personnes qui
peuvent indirectement se mêler de lui
donner des conseils : il y a bien peu qu'elle
y est, pour savoir choisir les bons et reje-
ter les mauvais; ce ne sont nullement mes
affaires; et, si la reine mère n'avait souhaité
que je visse plus souvent la reine que je ne
me l'étais proposé, je n'y aurais été qu'une
seule fois. Je vous assure, madame, que,
quand il faut m'habiller, quoiqu'il me soit
permis d'aller avec toutes sortes de manteaux, et qu'il me faut sortir de ma chambre, je suis triste et peinée par avance;

d'aller représenter en public. On prépare, pour l'entrée de la reine, cinq ou six beaux arcs de triomphe. J'en ai vu un qui m'a paru tel. Si le deux du mois prochain on la croit encore grosse, elle fera son entrée dans une espèce de chaise découverte, que des hommes porteront sur leurs épaules; sinon elle la fera à cheval. J'étais, il y a peu de jours, avec elle : le roi vient faire de petites *comparanzas* (1) et puis s'en reva. Elle me montrait un fort beau présent d'une parure de pierreries, que le roi lui avait fait le matin. Ils se couchent tous les jours à huit heures et demie, c'est-à-dire, le moment d'après qu'ils sont sortis de table, ayant encore le morceau au bec.

Le prince de *Ligne* mourut il y a trois jours; il était assez vieux; sa femme s'en retourne en Flandre. Il y en a huit qu'un fameux théatin, nommé le P. *Vintimille*, fut chassé; il était intrigant, à ce qu'on dit, des amis de feu don *Juan*, et ennemi dé-

___
(1) Apparitions.

daré de la reine mère; il eût fort souhaité
d'être confesseur de la jeune reine, il ne lui
aurait pas fait des scrupules de rien; il est
ami de la connétable *Colonne*, que je n'ai
point encore vue, parce que je n'ai fait aucune visite; je les commencerai bientôt, et
la verrai des premières. Elle ne sort point
de son couvent : on croyait qu'elle demeu-
rerait chez la marquise *de los Balbasès*,
sa belle-sœur, mais cela ne sera pas.

Le duc *d'Ossone* continue de ne pas aller
à la cour.

Il y a très-souvent ce qu'on appelle des
cérémonies de chapelle, dans l'église qui
touche la maison où leurs majestés sont
à présent; on voit la reine à travers les bar-
reaux d'une tribune; elle est très-magnifi-
quement parée, aussi bien que toutes les
dames : ce lieu d'oraison n'est pas moins
chéri d'elles. La fête de Noël est solennisée
dans le palais par des parures extraordinaires, et la comédie sur les quatre heures.
Sans beaucoup me divertir ici, je vous dirai,
madame, qu'il n'y a lieu au monde où je

voulusse être qu'en Espagne, tant que **M. *de Villars*** y sera, cela s'entend ; voilà la pure vérité.

LETTRE VI.

Madrid, 12 janvier 1680.

Je vous rendis compte par ma dernière lettre des visites que j'avais reçues ; je n'entrerai point dans le détail de celles que je rends. J'oubliai de vous dire que toutes ces grandes dames ne se parlent que par *tu* et *toi* ; c'est une marque d'amitié. Nous commençons à nous tutoyer. Le roi et la reine usent de ces termes entre eux. La reine n'est plus grosse. Dès le lendemain qu'elle ne le fût plus, le roi et la reine allèrent au Prado, jolie maison à deux lieues d'ici ; elle eut le plaisir de monter un peu à cheval, et de voir tuer un sanglier par le roi, son mari. Son entrée se fera samedi prochain ; on dit qu'il s'y verra des magnificences extraordinaires. Leurs majestés quitteront le Retiro,

et iront demeurer au palais; l'appartement
de la reine est fort doré et très-bien meublé;
nous l'allâmes voir l'autre jour. Quand elle
y sera, et qu'elle recevra mille visites, je me
propose, sans en rien dire, de lui en rendre
moins. Toutes les dames, qui sans vanité
m'aiment assez, croient et s'attendent que
j'y serai tous les jours, et que je puis un peu
contribuer à leur faire faire leur cour; mais,
ma chère madame, entre vous et moi, non-
seulement je ne veux entrer en rien, mais
je voudrais me mettre entièrement hors de
portée d'aucun soupçon. Je vous prie d'a-
voir quelque application pour entrevoir, au
lieu où vous êtes, si l'on ne trouvera pas
que ce soit le meilleur parti. Il se peut fort
bien qu'on ne prendra pas la peine de songer à ce que je fais ou ne fais pas, à moins
que vous ne le mettiez sur le tapis. Il n'y a
presque pas de milieu entre voir la reine
très-souvent, ou ne la voir que très-rare-
ment, en cherchant, pour le public et pour
elle, des raisons qui ne seront guère vrai-
semblables, puisque le roi, la reine mère,

et la *camarera mayor* font paraître qu'ils
sont très-aises que je sois souvent avec elle,
et tout le monde disant que l'ambassadrice
d'Allemagne était tous les jours avec la
reine mère, ne parlant ensemble qu'allemand. Vous voyez donc que, du côté de
cette cour, tout veut que je sois souvent
avec la reine; mais si je ne sais que la cour
de France l'approuve, rien ne me peut empêcher de retirer mes troupes, et de laisser
penser ici tout ce qu'on voudra : c'est pourquoi je vous supplie encore une fois de
tâcher de savoir ce que vous pourrez là-
dessus. Cette jeune reine se conduit jusqu'ici
avec beaucoup de douceur et de soumission
pour le roi; on dit qu'il l'aime fort; chacun
a sa manière d'aimer ; je le vois assez souvent venir dans une galerie où est la reine.
Vous avez apparemment vu de ses portraits.

Le lendemain de l'entrée, il y aura une
fête le soir, que l'on nomme mascarade, où
tous les grands de la cour courent deux à
deux dans une lice avec un flambeau à la
main. Le roi court avec son grand écuyer.

Ce sont des habits extraordinaires; je crois
que cela sera plus beau à dépeindre qu'à
voir. Un autre jour, ce sera *juego de cagnas;*
je ne sais pas trop ce que c'est; on jette des
cannes en l'air. Mais la grande fête, ce sera
celle de la course des taureaux. Pour celle-là,
je crois que ce sera une très-belle chose. Des
Grands, des fils de Grands *tauricideront.* La
magnificence du train et des livrées sera, à
ce qu'on dit, surprenante. Pourvu qu'il ne
s'y tue personne, j'y prendrai peut-être
quelque plaisir. Si cela est, je vous souhai-
terai souvent sur mon balcon. Hélas! madame, si j'osais, je vous y souhaiterais,
même quand la fête serait ennuyeuse.

Je ne me suis point encore habillée à l'espagnole, quoique j'aie fait faire deux habits.
La reine mère aime tout à fait l'habit à la
française, et toutes les dames aussi; c'est-à-
dire, les manteaux principalement, et c'est
ce qui m'accommode fort. Le noir ou la
couleur ne marquent pas plus de respect
l'un que l'autre.

Il fait aussi froid ici qu'à Paris ; j'espère qu'il n'y fera pas plus chaud.

Le marquis de *Flamarens* est à Madrid avec l'habit espagnol et la *honille*. Je croirais sans peine qu'il s'y ennuiera bientôt. Le comte *de Charni*, prétendu fils naturel de feu *Monsieur* (duc *d'Orléans*), y passe une vie bien triste. C'est un honnête homme ; et s'il est vrai, comme on n'en doute pas, qu'il ait l'honneur d'être frère de tant de princesses, celles qui sont en état de lui faire du bien, devraient bien lui en faire un peu, et lui procurer quelque moyen de subsister. Nous ne le voyons pas souvent, ni *Flamarens* non plus ; il faut qu'ils aient des égards.

Je n'ai été qu'une seule fois chez la reine mère depuis que je suis ici.

La reine m'a expressément chargée de vous faire ses complimens Je vous mène au palais toutes les fois que j'y vais ; et votre nom, sans que je me le propose, est toujours dans toutes nos conversations. *La philosophie en dehors, et les pieds en dedans,* la pensèrent faire mourir de rire. Ce que les Français et Françaises trouvent ici de si triste, ne l'est nullement; et la reine m'a avoué de très-bonne foi qu'elle n'avait jamais cru s'accoutumer aussitôt. Vous pouvez penser que je ne lui tiens guère de propos qui soient propres à la faire soupirer incessamment après la France. Enfin jusqu'ici j'ai fait de mon mieux par le seul plaisir de bien faire.

LETTRE VII.

Madrid, 26 janvier 1680.

Je ne vous entretiendrai guère de l'entrée de la reine d'Espagne. Elle en était le plus grand et le plus agréable ornement : à cheval sous un grand dais, fort parée, un chapeau de plumes blanches, un habillement fait exprès pour ce jour de cérémonie; précédée de plusieurs Grands fort brodés, et quantité de livrées riches et mal entendues, aussi bien que les habits des maîtres.

La reine avait très-bonne grâce. Elle quitta
un peu sa gravité devant le balcon où nous
étions, et je la lui vis reprendre. Il y a eu
deux jours de suite des feux d'artifice devant
le palais, où je me dispensai d'aller. Jusqu'ici
il n'y a point eu d'autre fête. Le roi mène
souvent la reine dans des couvens, et ce
n'est point du tout une fête pour elle. Elle
a voulu absolument que je l'y suivisse ces
deux derniers jours. Comme je n'y connais
personne, je m'y suis beaucoup ennuyée;
et je crois qu'elle ne voulait que j'y fusse,
qu'afin de lui tenir compagnie. Le roi et
la reine sont assis, chacun dans un fauteuil,
des religieuses à leurs pieds, et beaucoup
de dames qui viennent leur baiser les mains.
On apporte la collation; la reine fait toujours ce repas d'un chapon rôti. Le roi la
regarde manger, et trouve qu'elle mange
beaucoup. Il y a deux nains qui soutien-
nent toujours la conversation. Je croyais
hier au soir, au sortir du couvent, m'en
retourner chez moi, mais la connétable de
Castille me pria que nous allassions en-

semble au palais; car vous saurez que, sans l'avoir mérité, il ne tiendrait qu'à moi de me donner un grand air ici, les dames croyant que c'est assez qu'une ambassadrice soit de la même nation que leur reine, pour leur être de quelque agrément. Je fais aussi de mon mieux pour ne pas tromper leur attente. Voilà toutes les affaires que je veux avoir au palais. La reine mère est toujours une très-bonne princesse; je n'en puis dire autre chose. Je n'abuse point des bontés qu'elle m'a fait paraître; car, depuis que je suis à Madrid, je n'ai été que deux fois chez elle. Il y a, depuis deux jours, un ambassadeur d'Espagne nommé pour la France. L'on a révoqué celui que vous aviez. C'est le marquis *de la Fuente*, fils de celui que vous avez vu ambassadeur. Sa femme partira bientôt. Elle ne vous paraîtra ni jeune ni belle; elle est peut-être l'un et l'autre en ce pays. C'est une bonne femme.

Je ne passe pas en Espagne une vie aussi oisive que je voudrais, et ce sera beaucoup si je puis jamais rendre toutes les visites que

j'ai à y faire. Tout ce que j'y ai de plus
agréable, c'est la commodité des habits. La
reine mère et toutes les dames approuvent
toujours si fort ceux que j'ai, et surtout les
manteaux, que vous pouvez croire avec
quel plaisir je les satisfais. Le noir, comme
je crois vous l'avoir déjà mandé, n'est pas
une couleur plus respectueuse qu'une autre.

Je ne vois pas qu'on se presse trop ici
d'expédier le brevet de cette pension de
deux mille écus pour madame *de Grancey*;
M. *de Villars* voudrait bien lui être utile;
mais avec tout l'or qui vient des Indes, l'Espagne ne paraît pas opulente. Ce que j'ai vu
de plus riche, de plus doré, de plus magnifique, est l'appartement de la reine. Il y a
entre autres meubles dans sa chambre, une
tapisserie, dont ce qu'on y voit de fond, est
de perles. Ce ne sont point des personnages;
on ne peut pas dire que l'or y soit massif,
mais il est employé d'une manière et d'une
abondance extraordinaires. Il y a quelques
fleurs : ce sont des bandes de compartimens;
mais il faudrait être plus habile que je ne suis

à représenter les choses, pour vous faire
comprendre la beauté que compose le corail
employé dans cet ouvrage. Ce n'est point
une matière assez précieuse pour en vanter
la quantité ; mais la couleur et l'or qui paraissent dans cette broderie, sont assurément ce qu'on aurait peine à vous décrire ;
mais il ne vous importe guère. Cette tapisserie m'est demeurée dans la tête ; c'est ce
qui m'a fait écrire ceci, qui vise assez au ga-
limatias. Adieu, madame : ce que je sens
bien distinctement, c'est que je vous aime.
Aimez-moi aussi, je vous en prie, et ne
consentez jamais en vous-même que je sois
en Espagne et vous en France.

Madrid, 27 janvier 1680.

Comme le courrier ne partit point hier
au soir, et qu'il me reste un peu de temps,
je veux vous conter, si je puis, en peu de
mots, une belle aventure. Nous arrivions
hier, M. *de Villars* et moi, sur les dix
heures du matin ; quand nous vîmes entrer

dans ma chambre une *tapada*, suivie d'une
autre qui paraissait sa suivante. Je fis signe
à M. *de Villars* que c'était à lui à se
mettre en devoir de faire les honneurs; la
suivante se retira. L'autre fit signe qu'elle
voulait que quelques gens qui étaient dans
l'anti-chambre se retirassent aussi. Elle s'ap-
procha d'une fenêtre avec M. *de Villars*,
me faisant signe en même temps de m'approcher. Elle leva son manteau; je n'en étais
guère plus savante. Je me souvenais un peu
d'avoir vu quelque personne qui lui ressem-
blait, M. *de Villars* s'écria ; c'est madame
la connétable *Colonne*! Sur cela je me mis
à lui faire quelques complimens. Comme ce
n'est pas son style, elle vint au fait. Elle
pleura et demanda qu'on eût pitié d'elle.
Pour dire deux mots de sa personne, sa taille
est des plus belles. Un corps à l'espagnole
qui ne lui couvre ni trop ni trop peu les
épaules. Ce qu'elle en montre est très-bien
fait : deux grosses tresses de cheveux noirs,
renouées par le haut d'un beau ruban couleur de feu : le reste de ses cheveux en dé-

sordre et mal peigné ; de très-belles perles à
son cou ; un air agité qui ne siérait pas bien
à une autre, et qui, pour lui être assez naturel, ne gâte rien ; de belles dents. Je voudrais bien vous faire entendre tout ceci en
peu de mots. La connétable est dans un couvent royal, nommé *San-Domingo*. Elle en
est déjà sortie quatre ou cinq fois ; et la dernière qu'elle y entra, le nonce fit semblant
de vouloir parler à une religieuse à la porte,
et quand elle fut ouverte, la connétable que
l'on croyait bien loin, rentra promptement ;
car en Espagne, dans ces sortes de couvens,
il y a d'extraordinaires régularités sur les
entrées et les sorties. Quand elle y fut, les
parens du connétable exigèrent d'elle qu'elle
signerait entre les mains du Roi un papier,
par lequel elle s'engagerait de ne plus sortir
sans la permission de son mari. promettant
que, si elle en sortait, on pourrait la renvoyer à Saragosse, ou en tel autre lieu que
son mari souhaiterait. La voilà donc avec
de doubles liens. Quand le marquis *de los
Balbasès* revint avec sa femme, elle crut

qu'ils la recevraient dans leur maison ; mais
ils s'en excusèrent, disant qu'elle était trop
petite. Le bruit de l'entrée de la reine a fait
prendre la résolution à madame *Colonne* de
sortir encore de son couvent. Aussitôt pensé, aussitôt fait. Elle envoie emprunter un
carrosse, et s'en va droit chez la marquise *de
los Balbasès*. Elle fut bien reçue, malgré
leur surprise. Au bout de quelques jours,
quelqu'un vint lui dire que *los Balbasès*
l'allait envoyer à Saragosse trouver son
mari. Sur cela elle demande un carrosse
pour aller prendre l'air ; on lui en donne
un. Elle fait quelques tours par la ville, et
se fait descendre à notre porte ; la voilà chez
nous, disant qu'elle n'en voulait plus sortir,
et que l'on ne voudrait pas la mettre dans
la rue. Il parut qu'elle serait bien aise de
voir le nonce. Nous la fîmes dîner ; je lui fis
de mon mieux, parce qu'en effet elle fait
très-grande pitié d'être de l'humeur qu'elle
est. Le marquis *de los Balbasès* envoie un
de ses parens pour essayer de la résoudre à
retourner, et à ne pas donner une nouvelle

scène au public. Elle dit qu'elle n'en fera
rien. Le nonce arrive; elle le prie qu'il la
fasse rentrer dans son couvent. Il répond
qu'il n'en a pas le pouvoir. Une dame de
qualité, de nos amies, qui est la comtesse *de
Villombrosa*, dont le fils a épousé la fille
de *los Balbasès*, vint ici. M. *de Villars* et
le nonce firent plusieurs allées et venues chez
los Balbasès, qui promit plusieurs fois, foi
de cavalier, qu'il ne ferait aucune violence
à madame *Colonne* pour retourner avec son
mari; qu'il la priait de revenir chez lui, et
que l'on tâcherait de faire en sorte que le
roi qui avait l'écrit de madame *Colonne*, ne
saurait rien de sa sortie, et que, si elle s'o-
piniâtrait à ne pas vouloir revenir, elle allait
mettre contre elle le roi, son mari, et toute
sa famille. Enfin, madame, il était près de
minuit que nous ne savions tous que faire
par les conséquences que cette pauvre
créature attirait contre elle en demeurant
chez nous. Mais enfin elle se résolut à s'en
aller. La comtesse *de Villombrosa*, M. *de
Villars* et moi, la remenâmes chez le mar-

quis *de los Balbasès*. Sa femme et lui la reçurent très-bien : mille embrassades. Vraiment c'est une chose inconcevable que les mouvemens extraordinaires qui se passent dans cette tête. Elle l'avoue elle-même. Si elle ne fait pas plus de chemin, ce n'est pas manque de bonne volonté. Cependant, s'il lui prend envie une autre fois de revenir chez nous et de n'en vouloir pas sortir, par les frayeurs qu'on ne la remette au pouvoir de son mari, nous en serions bien embarrassés. Si cette histoire vous ennuie, madame, prenez-vous-en à l'envie et au plaisir que j'ai de vous conter tout ce que je sais qui peut vous être écrit.

LETTRE VIII.

Madrid, 9 février 1680.

La reine d'Espagne, bien loin d'être dans un état pitoyable, comme on le publie en France, est engraissée au point que, pour peu qu'elle augmente, son visage sera rond.

Sa gorge, au pied de la lettre, est déjà trop grosse, quoiqu'elle soit une des plus belles que j'aie jamais vues. Elle dort à l'ordinaire dix à douze heures. Elle mange quatre fois le jour de la viande; il est vrai que son déjeuner et sa collation sont ses meilleurs repas. Il y a toujours à sa collation un chapon bouilli sur un potage, et un chapon rôti. Je la vois fort rire, quand j'ai l'honneur d'être avec elle. Je suis persuadée que je ne suis ni assez plaisante ni assez agréable pour la mettre en cette bonne humeur, et qu'il faut qu'elle ne soit pas chagrine d'ordinaire. L'on ne peut assurément se mieux gouverner, ni avec plus de douceur et de complaisance pour le roi. Elle avait vu son portrait; on ne lui avait pas fait celui de son humeur pour les manières et la vie solitaire. On n'a pas renversé toutes les coutumes du pays, pour y en mettre de plus agréables. Mais la reine mère fait tout ce qu'elle peut pour les adoucir. Il paraît à tous les gens de bon sens que la jeune reine ne peut mieux faire que de contribuer de son côté à s'atti-

rer la continuation de l'amitié et de la tendresse que ce prince lui témoigne. Il y a
cette duchesse *de Terranova*, *camarera
mayor*, dont l'humeur passe pour être un
peu hautaine. La jeune reine plaît infini-
ment à toutes les dames. Je fais tout ce que
je puis, quand j'ai l'honneur d'être auprès
d'elle, pour la faire souvenir de leur dire
tout ce qui est le plus propre à les gagner.
Quand je vous dis qu'elle est grasse, qu'elle
dort, qu'elle rit, encore une fois, je vous
dis vrai. Il n'est pas moins vrai aussi, avec
tout cela, que la vie qu'elle mène ne lui est
guère agréable. Enfin, madame, je vous
assure qu'elle fait à merveille; j'en suis tout
étonnée.

Il y eut hier la plus célèbre fête de taureaux qui se soit vue depuis plusieurs règnes
des rois d'Espagne. Il y eut six Grands ou
fils de Grands qui furent les *toreadors*. Je
pensai mourir dans la première heure :
mourir est un peu trop dire; mais j'eus une
émotion et un si violent battement de cœur,
que je crus n'y pouvoir résister, et je me

levais pour m'ôter de dessus le balcon où
j'étais, si M. *de Villars*, ne m'eût dit que
pour rien au monde il ne fallait faire cette
faute. C'est une terrible beauté que cette
fête. La bravoure des *toreadors* est grande.
Aucuns taureaux épouvantables éprouvè-
rent bien celle des plus hardis et des meilleurs. Ils crevèrent de leurs cornes plusieurs
beaux chevaux ; quand les chevaux sont
tués, il faut que les seigneurs combattent à
pied, l'épée à la main, contre ces bêtes fu-
rieuses. Je n'aurais jamais fait, si je voulais
vous conter tout ce qui s'observe dans ces
combats, qui ont bien des rapports avec
ceux des anciens Maures et Grenadins. Les
dames, dont les amans combattent, et qui
sont présentes, doivent bien mal passer leur
temps, pour peu qu'elles les aiment véritablement. Les seigneurs, qui doivent com-
battre, ont chacun cent hommes vêtus de
leurs livrées. C'est une chose qui mériterait
de vous être contée plus en détail. Si j'étais
roi d'Espagne, jamais on n'en reverrait.

Je crois vous avoir déjà parlé de la dévotion de ce pays. Nous avons été obligés, de peur d'y scandaliser séculiers et religieux, de manger de la viande le samedi. Nous ne mangeons point ce jour-là ce qu'on appelle *petits-pieds*. C'est une médiocre mortification. Cela est partout en Espagne.

Toutes les dames, généralement parlant, sont honnêtes et civiles, surtout celles qui ont un peu voyagé avec leurs maris.

Le roi d'Espagne hait parfaitement Français et Françaises.

Il y a ici un Français dont je vous ai parlé : c'est le comte de *Charni,* qui mériterait de vivre dans son pays, et de ne pas finir ses jours dans celui-ci. Nous le voyons peu ; mais ce que j'en connais est d'un homme sage et de bon sens. Nous voyons encore moins le marquis *de Flamarens.* J'ai assez bonne opinion de lui pour croire qu'il s'ennuie beaucoup. Adieu, madame.

LETTRE IX.

Madrid, 6 mars 1680.

Nous voici au mercredi des Cendres. Je
n'ai rien à vous dire du carnaval. Comme le
carême n'est point du tout ici un temps de
pénitence, celui qui le précède ne se distingue par aucun plaisir; car jamais vous ne
voudriez croire que c'en fût un que de jeter
sur les passans beaucoup d'eau par la fenêtre.
Pour ce qui se passe dans le palais, le roi, la
reine et les dames se battent à coups d'œufs
remplis d'eau de senteur, mais en si prodigieuse quantité, que l'on ne comprend pas
où l'on peut en trouver tant. Ils sont tous
argentés et peints. La reine m'en donna un
panier dont je régalai ma fille. Voilà, madame, par où l'on marque à cette jeune
princesse des jours qu'elle passait autrement
en France, et dont je tâche autant que je le
puis, de lui ôter le souvenir. En vérité, sa
douceur, sa complaisance, et toute sa con-

duite, sont des choses extraordinaires à dix-
huit ans. Il entre de tout dans cette heureuse composition ; et, pour ajouter encore
à la gloire qu'elle peut tirer de tout ce
qu'elle fait, c'est que d'abord qu'elle arriva,
on lui donna les plus méchans conseils du
monde. Elle le connaît bien présentement.

J'ai été assez souvent à la comédie espagnole avec elle : rien n'est si détestable. Je
m'y amusais à voir les amans regarder leurs
maîtresses, et leur parler de loin avec des
signes qu'ils font de leurs doigts ; pour moi
je suis persuadée que c'est plutôt une marque de leur souvenir qu'un langage ; car
leurs doigts vont si vite, que, si ces amans
s'entendent, il faut que l'amour d'Espagne
soit un excellent maître dans cet art. Je
pense que c'est qu'il y voit plus clair qu'ailleurs, et qu'il ne se soucie guère de faire
plus de chemin.

Il y a, depuis peu de jours, un premier
ministre, qui est le grand duc *de Médina
Celi*, le plus grand seigneur de cette cour ;
il n'a que quarante ou quarante-cinq ans.

3.

Voilà tout ce que vous saurez des affaires
d'Etat. Je n'en sais guère davantage. On n'a
point remédié à celle qui me tient assez au
cœur, qui est ce rabais des monnaies. C'est
une chose bien triste, madame, que le peu
d'argent qui nous vient de France par cette
diminution, et qu'il faille sur chaque pistole
en perdre plus de la moitié. La pitié que j'ai
de nous ne m'empêche pas d'en avoir pour
ce pauvre peuple, qui paraît ne vivre que
de ce qu'on appelle ici *tomar el sol*, tant il
est maigre, abattu et misérable.

Il y eut dimanche, au Retiro, une comédie de machines, où les deux reines et le
roi étaient. Il y fallait être à midi. L'on y
mourait de froid. Comme je me promenais
dans les galeries de cette maison, qui sont
très-agréables, habillée à ma commodité ;
comme devant voir cette comédie derrière
des jalousies, et ne songeant ni à roi, ni à
reine, j'entendis notre jeune princesse qui
m'appelait fort haut par mon nom. J'entrai
dans le lieu d'où me paraissait venir sa voix,
avec un air un peu composé : je la trouvai

assise au milieu du roi et de la reine mère.
Elle n'avait consulté, en m'appelant, que
son envie de me voir, et avait tout-à-fait
oublié la gravité espagnole. Elle de rire en
me voyant. La reine mère me rassura; elle
est toujours aise que la reine, sa belle-fille,
se divertisse. Elle lui donna même occasion
de me venir parler auprès d'une fenêtre ;
mais je m'en retirai bientôt. Elle me demanda
si je n'avais point reçu de vos lettres.

Au reste, madame, toutes les ambassadrices meurent à Madrid; en voilà deux en
six semaines, qui étaient plus-jeunes que
moi (1). J'aimerais autant que la mort en
eût pris de quelqu'autre état. On me dit
qu'on ne peut résister aux chaleurs. Je me
tranquillise un peu sur cela , quand je
songe à mesdames *de Schomberg* et *de la
Fayette*, qui cherchent et qui trouvent des
airs tempérés dans leurs maisons de la ville,
et dans celles qu'elles choisissent à la campagne. Elles sont toujours malades, sans

_____

(1) Les ambassadrices d'Allemagne et de Danemarck.

que d'ailleurs la fortune les accable de ses
revers ; et moi, je me porte bien, sans faire
aucun remède et sans les croire nécessaires.
Mais cela ne peut pas durer. J'observe mon
régime de chocolat, auquel seul je crois devoir ma santé. Je n'en use pas comme une
folle et sans précaution. Mon tempérament
ne paraît nullement se pouvoir accommoder
de cette nourriture. Elle est pourtant admirable et délicieuse. J'en ai fait faire chez
moi, qui ne peut jamais faire mal. Je songe
souvent que, si je puis vous revoir, je veux
vous en faire prendre méthodiquement, et
vous faire avouer que rien n'est meilleur
pour la santé. Voilà bien parler de chocolat. Songez que je suis en Espagne, et
que c'est presque mon seul plaisir que d'en
prendre.

La connétable *Colonne*, depuis la visite
qu'elle nous fit, est toujours dans un couvent
à cinq lieues d'ici. Son mari est à Madrid
depuis deux jours. On dit qu'il lui permettra
de revenir dans un autre couvent de cette
ville, où elle aura beaucoup moins de liberté

que dans celui d'où elle est sortie. Nousavons appris qu'elle fut toute prête, le jour qu'on l'emmena de Madrid au lieu où elle est présentement, de s'en venir encore se fourrer chez nous, dans ma chambre.

J'ai reçu par cet ordinaire une lettre de madame *de Sévigné*. Je ne saurais lui faire réponse aujourd'hui, quelqu'envie que j'en aie. J'ai fait lire à la reine l'endroit où madame *de Sévigné* parle d'elle et de ses jolis pieds, qui la faisaient si bien danser, et marcher de si bonne grâce. Cela lui a fait beaucoup de plaisir. Ensuite elle a pensé que ses jolis pieds, pour toute fonction, ne vont présentement qu'à faire quelques tours de chambre, et à huit heures et demie, tous les soirs, à la conduire dans son lit. Elle m'a ordonné de vous faire à toutes deux bien des amitiés. Elle était hier belle comme un ange, accablée, sans se plaindre, d'une parure d'émeraudes et de diamans sur la tête, c'est-à-dire, mille poinçons; de furieux pendans d'oreilles ; et devant elle et autour d'elle, en écharpe, des bagues, des brace-

lets. Vous croyez que les émeraudes avec les
cheveux bruns ne faisaient pas un bon effet :
détrompez-vous ; son teint est un des plus
beaux teins de brune qu'on puisse voir ; sa
gorge blanche est très-belle. Elle était un
peu plus parée qu'à l'ordinaire. Elle me dit
qu'elle avait donné audience le matin au
connétable *Colonne*, et qu'en le voyant et
l'entendant parler, elle avait été bien persuadée de la folie de sa femme. Il est fait à
peindre : pour de bonne humeur, on n'en
peut douter, si l'on en juge par l'air dont il
laissait vivre sa femme à Rome. La reine me
demanda fort des nouvelles de madame *de
Grignan* (1), et si elle ne reviendrait point
cet hiver à Paris.

Si trois semaines après que vous aurez
reçu cette lettre, vous envoyez un laquais
au quartier de Richelieu, faites-le passer au
couvent des Petit-Pères, et dites-lui de s'informer si deux de leurs religieux ne sont pas
arrivés d'Espagne. Ces pères ont pour vous

_____

(1) Fille de madame de *Sévigné*.

une petite boîte où il y a le plus petit présent du monde. Faites pourtant cas des
tasses de boucaro. J'ai, en vérité, quelque
sorte de honte, non du petit présent, mais
de cette longue lettre. Il n'appartient pas à
quelqu'un qui est à Madrid de tenter la patience d'une personne comme vous, dont
les journées sont remplies d'occupations
agréables ou soi-disantes.

LETTRE X.

Madrid, 21 mars 1680.

Je veux vous parler d'une promenade où
je fus hier, qui est la plus ordinaire quand
il fait chaud, et il en fait déjà beaucoup
ici. C'est dans cette rivière si vantée du
Mançanarès : au pied de la lettre, la pous-
sière commence à y être si grande, qu'elle
incommode déjà beaucoup. Il y a de petits
filets d'eau par-ci, par-là, mais pas assez pour qu'on en puisse arroser des sables
menus, qui s'élèvent sous les pieds des che-

3..

vaux; en sorte que cette promenade n'est plus
supportable. Ce n'est donc pas pour vous
dire une mauvaise plaisanterie, mais une
vérité assez extraordinaire. Je vous prie,
madame, de conter cela ; comme vous savez orner toutes les choses auxquelles vous
voulez donner un air ; je vous expose seulement celle-ci, qu'on ne peut se promener
dans une rivière, parce qu'il y a de la pou-
dre. Mais ce n'est rien ; il faut voir le grand
et prodigieux pont qu'un roi d'Espagne a
fait bâtir sur ce Mançanarès. Il est bien plus
large et bien plus long que le Pont-Neuf de
Paris ; et l'on ne peut s'empêcher de savoir
bon gré à celui qui conseilla à ce prince de
vendre ce pont, ou d'acheter une rivière.
Je pensais que je pourrais vous dire tout
ceci en cinq ou six lignes ; en voilà bien davantage.

Les femmes de la reine partirent d'ici le 14
de ce mois. Elles vinrent ce jour-là chez nous ;
elles y firent toutes leurs affaires, et, après dîner, M. *de Villars* et moi nous les menâmes
dans mon carrosse hors la ville prendre le

leur. Elles avaient dit le soir à la reine qu'elles
la reverraient le lendemain ; mais elles firent prudemment de ne lui dire point adieu.
Dès les sept heures, elle les demanda ; elles
n'y étaient plus. Elle pleura beaucoup : elle
ordonna qu'on me vînt dire de l'aller trouver ; mais je revins chez moi un peu tard.
J'allai, sur les cinq heures du soir, au palais.
Elle se levait. Il est surprenant, en vérité,
comme elle est embellie. Elle avait ses cheveux sur le front, renoués en grosses boucles ; des rubans couleur de rose à sa cor-
nette et dessus sa tête ; point barbouillée de
rouge, comme il faut qu'elle le soit ordinai-
rement ; une gorge admirable. Elle mit une
robe-de-chambre à la française, et passa le
reste du jour avec cet habillement. Elle se
considéra un peu de cette sorte dans un
grand miroir. Cette vue la remit. Il paraissait à ses yeux qu'elle avait bien pleuré.
Comme elle commençait à me parler, le roi
entra ; et c'est ici une loi établie, que quand
sa majesté entre dans la chambre de la
reine toutes les dames qui s'y trouvent en

sortent aussitôt, si ce n'est la *camarera mayor* et deux ou trois autres qui sont domestiques. J'entendis qu'on demandait des cartes, et je conjecturai par-là que la reine s'allait fort ennnyer au petit jeu que le roi aime, et où l'on peut perdre une pistole avec un malheur extraordinaire. La reine fait toujours comme si elle était ravie de cette occupation. Il lui est resté deux des femmes qu'elle a amenées; une de ses nourrices, qui est assez adroite, et une provençale qui joue du clavecin Le roi a une grande joie de voir diminuer le nombre des Français; car il ne peut céler qu'il hait au dernier point notre nation. Pour vous expliquer un peu mieux le renvoi de ces femmes, c'est une grosse nourrice de la reine, et une fille nommée *Martin*, jolie, belle et sage. On ne les a pas chassées, mais on leur a rendu la vie du palais assez insupportable pour les obliger d'en sortir. Joignez à cela les marques que le roi leur donnait de son aversion.

M. *de Villars* me prie de ne pas oublier de vous parler d'une parure qu'une des dames de la reine avait il y a deux jours; c'est ce qu'on appelle en France *fille d'honneur.* Elle en a dix. L'on en prend tous les jours quelque nouvelle. Celle dont je vous parle est la fille du duc d'*Albe.* Leurs habits sont des plus magnifiques; beaucoup de pierreries. Celle-ci servant la collation à la reine comme les autres, reportait un plat. Je lui vis un pistolet pendu au côté avec un gros nœud de ruban. Ne croyez pas que ce fût un bijou. Il aurait fort bien tué un homme; il était de plus de demi-pied de long, d'un acier bien poli et bien monté. Je ne voulus pas faire semblant, devant la reine, de le remarquer; peut-être ne fis-je pas ma cour à la fille, qui ne portait pas cette arme pour la cacher et pour n'en prétendre pas quelque louange.

Il y eut l'autre jour une procession dans ce qu'on appelle les cloîtres du palais. Je la vis par une fenêtre devant laquelle elle passait. Le roi et la reine marchaient ensemble. Elle avait une grande robe de cérémonie, des manches pendantes, une lon-

gue queue portée par la *camarera mayor*.
Les filles ou dames d'honneur marchaient
ensuite, parées avec des habits extraordinaires pour ces jours-là. La croix, le patriar-
che, les évêques, les prêtres et religieux
marchent devant leurs majestés. Mais pour
en revenir aux dames qui sont suivies de
celle qui s'appelle *la guarda mayor*, leurs
amans obtiennent ces jours-là ce qui s'appelle *dar lugar* (1), c'est-à-dire qu'ils ont
place et la liberté pendant cette procession
d'entretenir leurs maîtresses. Les processions
sont bien meilleures ici pour les amans que
les comédies, où ils ne peuvent se parler
que de loin avec les doigts. Voilà, madame,
tout ce qu'on peut vous dire de cette cérémonie. Si la croix n'y était pas portée, je
vous dirais que c'est une des plus galantes
fêtes que l'on voie en Espagne.

Je m'en vais finir cette lettre par quelque
chose qui vous paraîtra aussi extraordinaire
que ce que je vous ai dit au commence-

_____

(1) Donner ou faire place.

ment : c'est un secret que M. *de Villars* m'a confié. *Le roi, les deux reines et le premier ministre n'ont point du tout de crédit.* Ce secret est comme celui de la comédie : je m'en suis un peu doutée par le peu de précaution que M. *de Villars* a pris en me le confiant.

LETTRE XI.

Madrid, 16 avril 1680.

J'ai reçu deux de vos lettres par ce dernier ordinaire, comme je montais en carrosse pour aller à l'Escurial. Hélas! madame, quelle nouvelle m'avez-vous apprise que celle de la mort de M. *de la Rochefoucault* (1). Je n'ai pas le courage de vous parler de toutes les merveilles que je viens de voir. La tristesse de cette mort, dont j'étais pénétrée, m'engagea à considérer plus

---

(1) François, duc *de la Rochefoucauld,* prince *de Marsillac,* etc., auteur des *Maximes* et des *Mémoires*, etc., mort le 17 mars 1680. Il a eu cinq garçons et trois filles.

long-temps que je ne l'aurais peut-être fait
dans une autre situation d'esprit, ce magnifique Panthéon, et ces huit belles demeu-
res, si l'on peut nommer de la sorte celles
que les morts habitent, et où sont déjà
quatre rois (1) et quatre reines. Tout de
bon, madame, je ne saurais vous entretenir de rien aujourd'hui. Je vous embrasse
de tout mon cœur, et c'est tout ce que je
puis faire, affligée comme je le suis.

LETTRE XII.

Madrid, 27 avril 1680.

Si j'avais été dimanche à une belle procession qui se fit encore, je vous en rendrais
un léger compte; mais je ne jugeai pas rai-
sonnable de passer, de propos délibéré,

(1) Les quatre Rois sont :
Charles-Quint, Empereur.
Philippe II.
Philippe III.
Philippe IV.

toute la matinée du dimanche des Rameaux
sans prier Dieu. Je me contentai la veille, de
voir l'habit de la reine, qu'elle me fit ap-
porter. Il y en a toujours un exprès pour cette
cérémonie, où il s'agit de marquer le deuil
et la mortification. Le fond de cet habit est
de satin noir, tout brodé de jais blanc et
d'acier ; mais, sans nulle comparaison,
mieux qu'on ne les emploie en France.
C'est la seule broderie que j'aie vue dans sa
perfection. La reine avait beaucoup de pierreries ; mais avec de petits morceaux de
gaze plissés, attachés en quelques endroits
sur le corps de jupe, l'on prétend marquer
une grande modestie. Les dix filles d'honneur avaient des pointes de gaze blanche
sur leurs têtes, et leurs amans à leurs côtés.
Je ne vous dirai rien de tout ce qui se passe
les trois jours saints, mercredi, jeudi et
vendredi. Toutes les femmes sont parées,
et courent d'église en église toute la nuit ;
hors celles qui ont trouvé dans la première
où elles ont été ce qu'elles y cherchaient ;
car il y en a plusieurs qui, de toute l'année,

ne parlent à leurs amans que ces trois
jours-là.

Je vous écris par un courrier que le roi a
envoyé à M. *de Villars*. Vous aimeriez
peut-être davantage cet ambassadeur, si
vous saviez à quel point il sait bien se gouverner dans cette cour. Comme je suis toujours sur mes gardes pour ne rien écrire
qui vise aux affaires d'état, je ne vous ai
point informée de plusieurs choses qui se
sont passées ici, quoique publiques ; mais,
en général, vous pouvez dire que M. *de
Villars* a fait rétablir toutes choses comme
le roi le désirait. On lui a tendu mille pan-
neaux depuis deux ou trois mois, pour lui
donner dans son quartier, à Madrid, des
sujets de batterie, et pour faire piller et
brûler notre maison en animant le peuple.
Tout est à craindre quand il arrive de semblables esclandres : il faut avoir une attention continuelle à les empêcher, et même,
s'il se peut, à les prévoir, quoique cela soit
quelquefois bien difficile. Le cardinal *Bonzi,*
étant ici ambassadeur, y a passé. Quand ces

désordres-là arrivent , les plaintes ne man-
quent pas d'être portées en France , et un
pauvre ambassadeur est condamné sans avoir
pu dire ses raisons. Ils ont eu ici un tel dé-
pit que *Juvenozo* , leur ambassadeur en
France , n'ait pas reçu les traitemens qu'il
voulait , qu'ils auraient acheté bien cher
quelque sujet d'attaquer la conduite de
M. *de Villars*, sur le fait ou le caractère
de l'ambassade. Personnellement on ne
peut être plus aimé ni plus estimé qu'il l'est.
Ce roi a une haine incroyable contre les
Français ; je ne cesse pas de vous l'écrire.
La conduite de la reine est toujours très-
bonne. Vous la louez du bon goût qu'elle a
pour moi ; mais savez-vous à quelle sauce
je me mets pour être trouvée de si bon goût?
Adieu, ma chère madame ; M. *de Villars*
vous assure de mille véritables respects.

LETTRE XIII.

Madrid, 1.er mai 1680.

Tout ce que je puis vous dire de la reine, c'est qu'elle continue à bien faire. Le roi fut mercredi à l'Escurial, et en revint vendredi. Il faut des airs ici : la reine eut tous ceux qui étaient nécessaires pour marquer une grande mélancolie de cette absence. Je ne serais pas bonne comédienne ; mais je sais bien comme il faut louer, et donner des avis à propos, quand je me trouve dans l'occasion de le faire. Ils se sont envoyés, pendant cette courte absence, des présens riches et galans.

Je reviens du palais. C'est aujourd'hui la fête de *Monsieur.* La reine était belle comme le jour. Je ne sais pas comment elle peut être si belle à Madrid. Elle était extraordinairement parée de très-grosses perles, et de beaucoup de diamans. J'ai été quelque temps seule avec elle. Nous avons chanté

quelques airs d'opéra ; car il n'est pas question, dans nos conversations, de la gravité
que comporterait mon âge. En vérité, si je
dressais bien mon intention, je ne crois pas
que ce fût une œuvre très-bonne que de la
divertir. La vie du palais de Madrid ne se
peut guère comprendre. Le roi se trouva un
peu mal hier : il se porte bien aujourd'hui.
J'ai laissé toute la maison royale aller à la
comédie ; j'ai senti un grand plaisir de n'y
point aller, et de revenir chez moi. Je ne
vous dis point tout ce que M. *de Villars*
voudrait que je vous fisse entendre de sa
part. On ne peut vous honorer ni vous respecter plus qu'il fait, et ma fille aussi, qui
aime M. *de Coulanges* de tout son cœur.
Adieu, madame.

LETTRE XIV.

Madrid, 26 mai 1680.

Vous dites, madame, que j'attire des
louanges à la reine par le goût qu'elle paraît

avoir pour moi, et le désir qu'elle fait voir que je sois presque toujours auprès d'elle. Elle en mérite, en vérité d'autres, par la manière dont elle supporte cette vie affreuse du palais. Elle joue trois ou quatre heures par jour aux jonchets, qui est le jeu favori du roi, sans lui marquer de chagrin. Il lui fait souvent des présens qu'elle aime fort, et voilà par où il la console.

Le marquis *de Grana* et sa femme sont arrivés. On dit que cette femme parle cinq ou six sortes de langues ; je serai bien simple auprès d'elle. Je ne sais si elle verra souvent la jeune reine. Si cela est, nous serons souvent ensemble ; car il n'y a que les ambassadrices de France et d'Allemagne, qui entrent dans la chambre des reines. Toutes les autres femmes de ministres étrangers ne les voient que dans un lieu destiné pour les cérémonies. Avec cette prérogative, peut-on ne pas se trouver heureuse à Madrid ?

M. *de Villars* vous assure de mille très-humbles respects, et ma fille aussi. Elle aime un peu mieux M. *de Coulanges* que vous.

Elle porta hier à la reine la lettre et les chansons de M. *de Coulanges.* Elles les chantèrent long-temps. N'avez-vous pas reçu une petite boîte par des religieux?

LETTRE XV.

Madrid, 28 mai 1680.

J'ai vu M. et madame *de Grana;* le mari me vint voir, il y a deux ou trois jours; il fut toute l'après-dînée avec moi. Il parle mieux français qu'un Français même; il est de bonne conversation. Il s'ennuie à la mort à Madrid, quoiqu'il y ait demeuré long-temps, et qu'il y ait beaucoup de parens. Il est épouvanté du gouvernement, quoiqu'il n'en parle que comme en doit parler un ambassadeur de l'Empereur, à une Française. Il dit qu'il ne sera pas long-temps ici. Il me soutient qu'il n'y avait qu'un ambassadeur de France qui pût présentement trouver quelque plaisir dans cette cour, en entendant parler du méchant état où on la voit. Pour moi, madame, vous croyez bien que je n'entre dans aucun de ces détails.

Je jouis du beau temps, qui est admirable présentement. Depuis un mois, il est tempéré. Nous ne voyons ni ne sentons de soleil que ce qu'il en faut pour réjouir. La reine m'ordonne, et, si je l'ose dire, me prie instamment de la voir souvent. L'ennui du palais est affreux, et je dis quelquefois à cette princesse, quand j'entre dans sa chambre, qu'il me semble qu'on le sent, qu'on le voit, qu'on le touche, tant il est répandu épais. Cependant je n'oublie rien pour faire en sorte de lui persuader qu'il faut s'y accoutumer, et tâcher de le moins sentir qu'elle pourra; car il n'est pas en mon pouvoir de la gâter, en la flattant de sottises et de chimères, dont beaucoup de gens ne sont que trop prodigues. On a cru deux mois qu'elle était grosse; c'est à elle à savoir s'il y avait sujet. On ne peut être moins propre à questionner que je le suis sur de pareils chapitres. De plus, vous savez que,

quand elle est partie de Paris, je n'étais pas
beaucoup dans sa confiance, ni connue et
considérée au Palais-Royal. Je ne m'entre-
mets de rien ici : la reine a du plaisir à
voir une Française, et à parler sa langue
naturelle. Nous chantons ensemble des airs
d'opéra. Je chante quelquefois un menuet
qu'elle danse. Quand elle me parle de Fontainebleau, de St.-Cloud, je change de discours; et il faut éviter de lui en écrire des
relations. Quand elle sort, rien n'est si
triste que ses promenades. Elle est avec le
roi dans un carrosse fort rude, tous les
rideaux tirés. Mais enfin ce sont des usages
d'Espagne; et je lui dis souvent qu'elle n'a
pas dû croire qu'on les changerait pour
elle, ni pour personne. Entre nous, ce que
je ne comprends pas, c'est qu'on ne lui
ait pas cherché par mer et par terre, et au
poids de l'or, quelque femme d'esprit, de mérite et de prudence, pour servir à cette princesse de consolation et de conseil. Croyait-
on qu'elle n'en eût pas besoin en Espagne?
Elle se conduit envers le roi avec douceur

et complaisance. Pour des plaisirs, elle n'en
voit aucun à espérer dans cette cour; mais
comme je n'ai aucun personnage à faire
auprès d'elle, et que je n'ai ni charge ni
mission de m'en mêler, ni de pénétrer rien
sur le présent, le passé et l'avenir, elle me
fait beaucoup d'honneur de vouloir que je
sois souvent auprès d'elle; mais, quand cela
n'est pas, je ne meurs point d'ennui avec
M. *de Villars,* avec qui j'aime bien autant
m'aller promener. Si je vous disais la continuation, ou, pour mieux dire, l'augmen-
tation des misères de ce pays, cela vous
ferait de la peine. Adieu, madame; je suis
à vous de tout mon cœur.

LETTRE XVI.

Madrid, 13 *juin* 1680.

Depuis ma dernière lettre, nous avons
fait un petit voyage en la seule maison
qu'ait le roi d'Espagne, quand il veut, pour
quelque temps, quitter la demeure de Ma-

drid. Elle s'appelle Aranjuez. Elle passe ici
pour la merveille du monde. La situation
pour les eaux est des plus belles ; et si M. *le
Nostre* en trouvait une pareille, ce qu'il y
pourrait faire s'appellerait en effet une merveille. Le jardin, qui est grand, est entouré
de deux rivières, dont l'une est le Tage, et
l'autre le Guadaran. Voilà de grands noms ;
mais me voilà, pour toute ma vie, détrom-
pée de ces noms fameux. N'avez-vous pas
une haute idée de ce Tage ? et le Mançanarès
n'a-t-il pas quelquefois touché votre imagination, comme de quelque agréable rivière ?
Le Tage est plus grand ; mais, en revanche,
son eau n'est point claire. Il faut pourtant
dire la vérité ; ce jardin, pour l'Espagne,
est agréable, par la quantité de fontaines et
d'arbres qui y sont ; car rien n'est si rare en
ce pays que les bois, par la sécheresse du
climat. Je n'ai rien trouvé à redire au peu
de largeur des allées. C'est *Philippe II* qui
les a fait planter ; et peut-être que, de son
temps, il fallait qu'elles fussent ainsi pour
être parfaites. La maison serait assez belle,

4.

si elle était achevée ; mais il s'en faut plus
de la moitié, quoique le dessin ne soit pas
grand. Il y a sept ou huit lieues d'Aranjuez
à Madrid. Nous y allâmes le vendredi, et
nous en revînmes le lundi : j'allai le lendemain voir la reine : je lui en dis des merveilles, et je la suppliai de le dire au roi
qui entra. Elle fit fort bien son devoir : je
lui avais conseillé de marquer quelque impatience que sa majesté la menât voir ce
beau lieu. Elle n'eut pas de peine à lui persuader que j'en étais charmée, car il le croit
au-dessus de tout ce qu'il y a au monde.
Cette demeure, qui semble n'être propre
que pour le temps des chaleurs, est mortelle en été ; et le gouverneur a permission
de n'y être jamais en cette saison. Pour
toutes bêtes rares, il y a une infinité d'horribles chameaux : d'en voir un seul, comme
on en voit quelquefois à Paris, ne fait pas
un effet désagréable, comme lorsqu'on en
voit beaucoup ensemble. Tout ce qu'on voit
là ne fait point du tout souvenir de la ménagerie de Versailles. Il n'y a même point

de ménagerie ; car ces vilains animaux pais-
sent dans les champs comme des troupeaux
de bœufs et de vaches ; et l'on s'en sert pour
porter des pierres ou de la terre , quand on
bâtit. Me voilà donc revenue de cette maison royale, dont je ne vous parlerai plus.

Les Espagnols nous disent incessamment
que nous aurons bientôt la guerre : les pauvres gens en ont grand' peur. Pour moi,
j'aime mieux l'ennui de Madrid, que d'en partir pour une telle raison, et je leur réponds
toujours que je n'en crois rien. Ce bruit est
plus grand au palais qu'ailleurs ; et la reine,
comme vous pouvez penser, en est bien
alarmée. Elle continue de se bien porter.
C'est un heureux tempérament pour la
santé ; et je ne sais pas ce qui se passe dans
son esprit et dans sa tête, pour la soutenir si
bien ; car pour son cœur, je crois qu'il ne
s'y passe rien. Quand je suis un peu de
temps sans la voir, elle ne le trouve point
bon. Nous chantons comme des cigales ; elle
lit des opéras ; elle joue à merveille du clavecin, assez bien de la guitare ; en moins de

rien, elle a appris à jouer de la harpe. Elle
ne prend pas beaucoup de consolation dans
les livres de dévotion. Cela n'est point extraordinaire à son âge. Je dis souvent que je
voudrais bien qu'elle fût grosse, et qu'elle
eût un enfant.

Je n'ai point vu le marquis *de Grana* depuis que je vous ai écrit. Je serais fort aise
que nous nous vissions; mais la politique
qu'il croit devoir garder en cette cour, le
retient peut-être et sa femme aussi, qui,
par politique de son côté, s'habille à l'espagnole. On l'en devrait récompenser, car elle
est bien mieux autrement.

Il y aura lundi une fête de taureaux. On
s'y attend à beaucoup de plaisir, parce qu'on
n'a jamais vu de taureaux si furieux. L'abbé
de Villars vous entretiendra, si vous voulez,
sur ce sujet. Il est charmé de celle qu'il a vue ;
mais quoi qu'il vous en puisse dire, croyez-
moi, c'est une épouvantable beauté. Il y
aura une autre fête le 31 de ce mois, dont
je vous ferai écrire une ample relation. Vous
la trouverez bien extraordinaire ; elle ne se

fait que de cinquante en cinquante ans. On y brûle beaucoup de Juifs ; et il y a d'autres supplices pour des hérétiques et des athées. Ce sont des choses horribles.

LETTRE XVII.

Madrid, 25 *juillet* 1680.

Je n'ai pas eu le courage d'assister à cette horrible exécution des Juifs. Ce fut un affreux spectacle, selon ce que j'en ai entendu dire ; mais, pour la semaine du jugement, il fallut bien y être, à moins de bonnes attestations de médecins d'être à l'extrémité ; car autrement on eût passé pour hérétique. On trouve même très-mauvais que je ne parusse pas me divertir tout-à-fait de ce qui s'y passait. Mais ce qu'on a vu exercer de cruautés à la mort de ces misérables, c'est ce qu'on ne vous peut décrire.

Le marquis *de Grana* fit lundi son entrée. Les Espagnols s'attendaient à voir plus de magnificence. Pour moi, je trouve qu'il a bien fait de n'en pas faire davantage. C'est un très-galant homme, et qui fait toute la dépense qu'il peut. Il est effrayé de tout l'argent qu'il faut ici. Il en touche cependant beaucoup. Il a quinze cents pistoles de pension, payées par le roi d'Espagne, double franchise, et sa maison payée, sans les appointemens que lui donne l'Empereur, son maître. Il a pour le nôtre une grande estime et un grand respect; mais il mêle parmi cela certaines choses dans ses conversations avec les gens de cette cour, sur les conquêtes du roi, qui marquent assez de vivacité. Je vois souvent sa femme au palais; elle a bien de l'esprit. J'irais bien plus souvent chez elle, les voir l'un et l'autre, si je ne craignais de leur faire de la peine, par les airs qu'il faut qu'ils observent ici. Le marquis *de Grana* est un des plus gros hommes que l'on voie, mais de très-bonne mine. Notre jeune reine, pour être heureuse, aurait grand besoin d'avoir du goût pour la solitude dans son triste palais, où elle veut que j'aille souvent griller de chaud avec elle.

Il est violent le chaud qu'il fait ici. Il est vrai que chez nous nous n'en souffrons pas beaucoup. Nous sommes dans un appartement bas, délicieux pour cette saison. La reine a été, ces jours passés, deux fois *incognito* avec le roi, se promener à dix heures du soir dans cette rivière poudreuse. Elle me le fit savoir, afin que nous nous y trouvassions, et me donna un signe pour reconnaître son carrosse, et moi un pour reconnaître le mien. Si vous saviez ce que c'est que ce plaisir! On croit pourtant que la reine en doit de reste. Adieu, ma chère madame, c'en est un bien sensible pour moi de croire, comme je sais, que vous m'aimez véritablement. Si **M.** *de Coulanges*, selon les souhaits de **M.** *de Schomberg*, et par les pas qu'il a faits à Fontainebleau, eût été envoyé ambassadeur en Portugal, nous l'aurions gardé à son passage par Madrid, tout autant qu'il nous aurait été possible.

Si vous n'avez encore ni donné ni rompu ces petits boucaro que je vous ai envoyés, dont le dedans était blanc, conservez-les,

4..

car ce blanc est une composition de bé-
zoard.

LETTRE XVIII.

Madrid, 28 août 1680.

Je vous adresse cette lettre à Paris, quoique par votre dernière vous m'ayez mandé
que dans trois jours vous partiez pour Lyon.
Il me revient par vous et par tout le monde,
à quel point vous faites valoir mes lettres;
et, comme je ne suis pas persuadée de leur
mérite, j'ai été jusqu'à présent tout étonnée
du cas qu'on en faisait. Mais je crois en avoir
découvert la raison : c'est que vous ne les
donnez pas à lire, et que vous les lisez vous-
même; comme cela ne vous coûte guère,
vous y mettez tout ce qui leur manque pour
les rendre agréables, et pour leur attirer
des louanges. Je vous prie, ma chère madame, de m'avouer la vérité là-dessus, sans
consulter votre modestie. Je lirai avec plus
d'attention et de sensibilité tout ce que vous

m'écrirez de Lyon , que tout ce que vous
m'écrirez de Paris, parce que vous me par-
lerez plus de vous et de tout ce qui vous
touche ; car je prétends que vous n'omet-
tiez rien de tout ce que vous ferez ; je voudrais bien aussi tout ce que vous penserez.
Pour moi, madame, si je voulais ne vous
parler que de ce qui m'occupe le plus ici
présentement, ce serait de la cruelle canicule qu'on y souffre. Car la peste et la famine que nous avons déjà vues deux fois ,
et la guerre qu'on croit fort proche, ne me
paraissent pas encore si insupportables que
l'horrible chaleur qu'il fait. Encore le jour
se sauve-t-on assez, en se tenant dans un
appartement bas ; mais la nuit on n'y peut
coucher , à cause des moucherons qui dé-
vorent les pauvres personnes.

C'est vous, madame, qui pensez et qui
écrivez mieux que personne du monde. Hélas!
nous ne savons à qui en parler ici. Nous lisons
vos lettres , M. *de Villars* , ma fille et moi ,
avec un grand goût et un grand plaisir. Elles
m'en causent bien plus d'un, pour ne me point

laisser douter que vous ne m'aimiez ; et ,
quoique ce plaisir réveille l'ennui que l'on
souffre de ne point voir ce que l'on aime et
de qui l'on est aimé , cette peine est bien
douce, comparée à la moindre diminution
de votre amitié pour moi. Il y a quatre ou
cinq endroits , dans votre dernière lettre ,
d'une vivacité et d'une imagination bien
ignorées jusqu'à vous , madame, et qu'on
n'imitera jamais. Je ne pense pas même
qu'on puisse faire aller son ambition jusqu'à espérer d'en devenir une méchante
copie.

Puisque nous sommes sur les copies ,
voulez-vous bien que je vous fasse souvenir
que vous m'avez parlé de votre portrait ?
Je n'aurais osé vous le demander , quelque
envie que j'en eusse , si vous ne m'en aviez
parlé la première.

J'aime notre jeune reine du plaisir qu'elle
me paraît avoir quand je lui nomme votre
nom , et que je lui dis que vous vous souvenez d'elle. Elle m'a chargé de beaucoup
d'amitiés pour vous. Je ne saurais vous rien

dire qui puisse vous instruire sur tout ce qui la regarde. Nous en parlerons un jour, si nous nous revoyons. Elle est grasse, belle, buvant, mangeant, dormant, riant très-souvent, dansant de tout son cœur, quand nous sommes seules, moi chantant le menuet et le passe-pied. Contentez-vous de cela.

Vous n'avez pas trouvé que le marquis *de la Fuente* fît souvenir de M. *de Villars*. S'il n'y a pas de guerre, sa femme partira au mois de septembre pour l'aller trouver. C'est une des plus raisonnables femmes d'ici : je vous prie de me mander tout ce que vous savez touchant la guerre.

Vous me dites, et cela est vrai, que l'on serait bien heureux, si les lieux d'ennui pouvaient inspirer de solides et sérieuses réflexions pour le salut, nous détacher des choses de ce monde, qui se détachent tous les jours de nous : la santé, la jeunesse, la beauté, les amis.

Il passera dans peu un étranger (1) à

(1) Le marquis *de Ligneville*.

Lyon, qui vous remettra un très-petit présent de ma part. J'aime à vous marquer le plus souvent que je puis que je songe à vous, par ces légères bagatelles. M. *de Villars* en a honte, car il vous croit digne qu'on ne vous présente que des couronnes. Quand vous en auriez, il ne pourrait pas vous honorer, ni vous respecter au-delà de ce qu'il fait. Adieu, madame.

LETTRE XIX.

Madrid, 15 août 1780.

J'ai une véritable impatience d'avoir de vos nouvelles; j'en ai beaucoup aussi d'en apprendre de Paris, puisqu'on y parle sans cesse de guerre, sans que je comprenne encore qui commencera à la déclarer. Les Espagnols ne sont pas en état de la soutenir. Leur misère passe tout ce qu'on en peut imaginer. Il est vrai qu'ils espèrent, ou, pour mieux dire, qu'ils croient sûrement que l'empereur, l'Angleterre et la Hollande se joindront à eux. Le prince de Parme doit partir aujourd'hui pour aller commander en Flandre. On dit ici qu'ils n'ont pas voulu qu'elle s'achevât de perdre, sans un Espagnol naturel. Notre marquis *de Grana* a le cœur bien envenimé contre la France; et, s'il était secondé par tout ce qu'il voudrait bien mettre contre nous, il taillerait ce qu'il appelle de la besogne. Il est galant homme, il a de l'esprit; mais, dans ses manières de parler, on le prendrait pour être né sur les bords de la Garonne.

Nous avons été ici en véritable péril de mourir des excessives chaleurs. La beauté et la fraîcheur de la reine n'en ont point souffert. Elle m'a promis de me donner un petit coffre pour vous. Dès que je l'aurai, je chercherai une voie pour vous le faire tenir. Elle me paraît fort souhaiter votre amitié; je l'assure aussi qu'elle a raison de la souhaiter.

Je voudrais que l'on crût un peu moins aux horoscopes; je ne me reprocherai jamais d'avoir eu, sur ce sujet, de pernicieuse complaisance, et de n'avoir pas fait mon possible pour désabuser des faussetés qui s'y trouvent.

Il y a, dans la boîte que vous recevrez par le marquis *de Ligneville*, deux paires de bas de soie, des pastilles d'ambre dans une bourse, et un œuf d'aventurine avec des pastilles dedans, dont je crois que le goût ne vous déplaira pas. Je vous fais ce détail de peu d'importance, afin que vous vous aperceviez si l'on en prenait quelque chose.

La connétable *Colonne* est dans la maison de son mari, assez inquiète de ce qu'elle deviendra, car elle n'est nullement résolue de s'en retourner en Italie avec lui. Elle voudrait bien pouvoir rentrer en ce temps-là dans un couvent à Madrid; bien entendu d'en sortir peu après, et de s'en aller, tant que terre la pourra porter, en Flandre, en Angleterre, en Allemagne; car, pour en France, elle a peur qu'on ne l'y veuille pas souffrir. Vraiment c'est un original qu'on ne peut assez admirer, à le voir de près, comme je le vois. Elle a ici un amant; elle me veut faire avouer qu'il est agréable, qu'il a quelque chose de fin et de fripon dans les yeux. Il est horrible; mais ce n'est pas ce qui devrait diminuer son inclination et la rebuter, au prix d'une autre petite chose qui ne vaut pas la peine d'en parler; c'est que cet amant ne l'aime point du tout, à ce qu'elle m'a dit. Elle se trouve heureuse cependant qu'il soit comme cela, parce que, s'il répondait un peu à ses sentimens, les choses feraient encore plus d'éclat. Elle ne déplaît point; elle s'habille à l'espagnole, d'un air beaucoup plus agréable que ne font toutes les autres femmes de cette cour. Elle a trois grands fils mal élevés; l'aîné va épouser une des filles du duc *de Medina Celi*, premier ministre; mais vous ne vous souciez guère de tout cela.

Il est fort question ici que, dans peu, la duchesse *de Terranova* quittera sa place de *camarera mayor* qui sera, à ce qu'on dit, donnée à la duchesse *d'Albuquerque*. C'est une joie dans cette cour, car cette première n'y est pas aimée. Pour moi, il ne m'importe, pourvu que la reine s'en trouve bien. A dieu, ma très-chère madame; dites-vous souvent que je vous aime de tout mon cœur.

LETTRE XX.

Madrid, 29 août 1680.

Je ne reçois point de lettres, madame; je n'ai point de vos nouvelles, et j'en voudrais savoir préférablement à toutes celles qu'on peut me mander de Paris. Comment vous portez-vous? Que faites-vous du matin jusqu'au soir? Combien serez-vous à Lyon? Après cela, je vais vous dire des miennes, qui ne sont pas des plus agréables. La misère augmente ici tous les jours, et les monnaies n'y sont point rehaussées. De douze mille écus que le roi donne à M. *de Villars,* ce n'est, à Madrid, qu'environ cinq mille cinq cents écus. Notre mai-

son nous coûte neuf mille francs de loyer.
Voyez ce qui reste pour toutes sortes d'autres dépenses. M. *de Villars* veut donc me
renvoyer pour se loger moins chèrement,
et ne garder que très-peu de gens après mon
départ. C'est une chose fort triste pour moi
que cette séparation, attachée comme je le
suis à M. *de Villars*, et fort triste aussi par
ne trouver d'autre moyen de soulager sa
dépense. J'ai été quelque temps sans dire
ce projet à la reine, et quand je le lui ai
appris, elle n'a pu le croire, ni s'y résoudre.
Il y a plus d'honneur que de vanité à se
persuader que cette pauvre princesse me
regretterait en demeurant en Espagne dans
son triste palais, et ses tristes petites occupations. On lui a changé de *camarera mayor*;
c'est depuis deux jours que la duchesse
d'*Albuquerque* remplit cette place. La
reine s'en accommodera mieux que de
celle qu'elle avait. Quel pays, madame,
que celui-ci ! Il faut bien aimer M. *de Vil-*
lars, pour sentir de la peine à le quitter ;
mais, à force aussi qu'on s'y ennuie, je désire

qu'il n'y soit pas sans moi; puisqu'il n'y peut trouver mieux. Je sens une grande consolation d'avoir passé cette horrible canicule, dont je vous ai parlé; sans y avoir succombé. Il est mort ici une infinité de gens, et j'avais beaucoup de peur pour notre maison. Mais, ma chère madame, quand aurai-je de vos nouvelles ? Vous aurez, par un homme qui partira bientôt, ce petit coffre de la reine, plein de pastilles à manger.

LETTRE XXI.

Madrid, 5 septembre 1680.

Je vous ai mandé par ma dernière lettre la destitution de la duchesse *de Terranova;* qu'on avait mis à sa place la duchesse *d'Albuquerque;* et que je ne pouvais être ni aise ni fâchée de ce changement, que selon que la reine s'en trouverait bien ou mal. Quoique madame *de Terranova* ait une grande aversion pour la France et pour les Français, elle m'a toujours traité fort hon-

nêtement. On croit que la reine n'aura pas
sujet de se repentir de ce changement. L'air
du palais est déjà tout autre, et le roi aussi.
Sa majesté a permis à la reine de ne se
coucher plus qu'à dix heures et demie, et
de monter à cheval quand elle voudra,
quoique cela soit entièrement contre l'usage.
Il lui a accordé encore une chose qui lui a
donné une grande joie. Il y a trois ou quatre
jours que me voyant entrer dans sa chambre, elle vint au-devant de moi avec un air
de gaîté extraordinaire, et me dit : *Ne
direz-vous pas oui à ce que j'ai à vous
demander ?* C'était que le roi voulait bien
que ma fille eût l'honneur d'être une de ses
dames. Elle en était transportée. Vous jugez
bien avec quel respect et quel plaisir je re-
çus ce qu'elle me disait ; mais elle fut un
peu mortifiée quand je lui répondis que je
croyais qu'il fallait, avant que d'accepter
cet honneur, que M. *de Villars* en eût la
permission du roi, notre maître. Ma fille
ne s'en sent pas de joie. A son âge, combien
ne se figure-t-on point de plaisir dont, selon

les apparences, elle ne jouirait pas long-
temps! elle aurait d'illustres compagnes ;
car ce ne sont que des filles des maisons
de Portugal, d'Aragon, Mauriquès, Castille; enfin tout ce qu'il y a de plus grand
dans le royaume. Elles ont beaucoup de
petites fonctions. La plupart n'omettent rien
de celles qui regardent la galanterie.

L'on ne parle plus de guerre ici. Ce n'est
pas ce qui me rassurerait.

Adieu, madame; je vous quitte pour
m'aller parer. La reine vient de me mander
que c'est aujourd'hui le jour de la naissance
de notre roi, et que je ne manque pas d'aller au palais avec tout ce que j'ai de diamans. Si j'avais pu ce matin être à sa toi-
lette, je lui aurais conseillé de n'affecter pas
trop de magnificence ce jour-ci, car elle
ne fera plaisir à personne; et je suis assurée
que le roi, son oncle, l'en dispenserait volontiers.

LETTRE XXII.

Madrid, 12 *septembre* 1680.

J'ai enfin reçu deux de vos paquets de
Lyon, madame, et j'ai fort peu de temps à
y répondre, parce que le courrier part ce
soir. J'étais affligée de ne point recevoir de
vos nouvelles ; mais je ne l'étais point de
l'appréhension que vous m'eussiez oubliée.
Vous me parlez de la peste, et de la peine
où vous en êtes pour moi. Elle ne m'a
point approchée, Dieu merci, et il faut espérer qu'elle laissera Madrid hors d'intrigue.
Vous me parlez encore d'une autre peste,
qui est la continuation de la misère où l'on
est ici. Elle augmente toujours, et les monnaies ne haussent point. Je ne vous ai que
trop entretenu de tout cela ; je ne veux
point que vous y fassiez de réflexion. Vous
êtes vive, et vous m'aimez. Pensez une fois,
et puis n'y pensez plus, que les douze mille
écus qu'on a d'appointemens, ne font ici

que cinq mille cinq cents écus, et que nous
payons neuf mille francs de loyer de notre
maison. Je vous ai déjà mandé que M. *de Villars*, ne pouvant plus subsister, prenait la
résolution de me faire partir d'ici le mois
prochain. Le marquis *de Grana*, qui est
riche par lui-même, par ce que son maître
lui donne, et par les pensions qu'il tire de
cette cour, dit bien aussi qu'il n'y peut pas
subsister. Qu'il est gascon, cet Allemand !
un peu hargneux sur les affaires de France,
et sur tout ce que projette et exécute le
roi, notre maître.

Mais votre portrait, que vous me faites
espérer, il faut le confier à mes enfans, qui
seront à Paris avant la fin de ce mois. En
vérité, je ne puis vous dire le plaisir que
vous me faites. Je ne croyais plus être
aussi sensible que je trouve que je le suis
sur cette sorte de joie. Mes enfans vous auront vue à Lyon. Qu'ils auront été aises,
s'ils tiennent de leur mère !

On se trouve toujours bien du changement de la *camarera mayor*. L'air du palais

en est tout différent. Nous regardons présentement la reine et moi, tant que nous voulons, par une fenêtre qui n'a de vue que sur un grand jardin d'un couvent de religieuses, qu'on appelle *l'Incarnation*, et qui est attaché au palais. Vous aurez peine à imaginer qu'une jeune princesse, née en France, et élevée au Palais-Royal, puisse compter cela pour un plaisir; je fais ce que je puis pour le lui faire valoir plus que je ne le compte moi-même. Il y a neuf jours qu'on soupçonnait encore qu'elle était grosse. Pour moi, je ne le soupçonne pas. Le roi l'aime passionnément à sa mode, et elle aime le roi à la sienne. Elle est belle comme le jour, grasse, fraîche; elle dort, elle mange, elle rit; il faut finir là; et, avec tout l'esprit que vous avez; je vous défie de deviner tout ce que j'aurais à vous dire ensuite de tout cela.

Adieu, ma chère madame; je voudrais bien écrire encore, si j'en avais le temps; mandez-moi ce que vous saurez de la paix et de la guerre.

I. 5

Vous recevrez un petit paquet que je ne vous envoie, que parce qu'il ne vous coûtera rien de port; car, pour peu que vous en payassiez, ce serait plus qu'il ne vaut : c'est pourtant la reine d'Espagne qui vous l'envoie.

Je rends mille grâces à M. *de Coulanges,* de sa prose et de ses vers. La marquise *d'Uxelles* m'avait envoyé ceux qu'il avait faits pour elle, en passant à Châlons-sur-Saône.

LETTRE XXIII.

Madrid, 26 *septembre* 1680.

Je reçois présentement vos lettres. Je dirai aujourd'hui à la reine tout ce que vous m'écrivez d'honnête et d'obligeant pour elle. Que dix-huit ans et une heureuse disposition à croire tout ce qu'on souhaite, sont choses agréables, et conservent bien la santé et la beauté! Pour moi, je lui dis tous les jours que, par malheur, j'ai toute ma vie été opposée à cette heureuse situation.

Celle de la pauvre connétable *Colonne* est à présent bien détestable. Il y a plus de deux mois que je lui ai prédit ce qui arriverait. Mais, sans nulle réflexion, elle vivait au jour la journée, comptant qu'on la laisserait jouir de la liberté de sortir de sa maison, de faire des visites, et qu'on ne parlerait de rien qu'après les noces de son fils aîné. Il y a douze ou quinze jours qu'on lui vint signifier, de la part du roi, qu'il ne se mêlait plus de ses affaires, et qu'elle songeât à obéir à son mari, qui voulait la mener ou l'envoyer en Italie. Le lendemain, elle eut une défense de ne plus sortir de chez elle; le jour d'après, de ne plus voir personne; et, à tout moment, elle est dans les horreurs qu'on ne l'entraîne avec violence, et qu'on ne la mette dans une litière pour la mener où il plaira à son mari. Je ne veux pas justifier sa conduite passée; mais il faut convenir, en s'en souvenant, qu'elle a bien sujet de ne vouloir pas se con-

5.

fier à un mari italien. Elle fait ce qu'elle peut pour obtenir qu'on l'enferme ici dans le plus austére couvent qu'il y ait. Je ne sais pas ce qu'on lui accordera : elle n'a contre elle que le roi, le premier ministre, son mari, toute la famille *Balbasès*. Elle me fait beaucoup de pitié.

Si j'en juge par les amples relations de Madame (1) à la reine d'Espagne, jamais les plaisirs n'ont été pareils à ceux dont on jouit à Versailles.

M. *de Villars* dit toujours qu'il veut me renvoyer, à cause que la misère augmente à Madrid, et que, sans moi, il fera beaucoup moins de dépense. Je ferai tout ce qu'il voudra, quoiqu'avec peine, si je le laisse dans un lieu aussi triste, et dans un état aussi chagrinant que le sien. Jusqu'ici, on ne nous a point encore ôté le bien de la santé; mais ce bien est fragile et très-sujet à ne point durer, surtout quand on n'est plus

(1) *Charlotte-Elisabeth* de Bavière, princesse palatine, seconde femme de *Monsieur*.

jeune (1). Adieu, madame; tels que nous sommes, c'est entièrement à vous.

LETTRE XXIV.

Madrid, 10 *octobre* 1680.

Permettez-moi, madame, de vous parler, avant toute chose, d'une petite bagatelle qui arriva hier à sept heures du matin. Ce n'est qu'un violent tremblement de terre qui dura la longueur d'un *miserere*. M. *de Villars* dans son lit et moi dans le mien, le sentîmes remuer. Il se leva, s'imaginant qu'à cause des horribles pluies, les fondemens de la maison s'écroulaient. Pour moi, je m'écriai, assez effrayée, que c'était la terre qui tremblait. Il vint trois secousses qui donnèrent un mouvement à toute la maison, comme pourrait être celui d'un arbre agité du vent. Les prêtres dans les

(1) M. et madame *de Villars* avaient tous deux 56 ans. Il mourut en 1698, elle, en 1706.

églises où ils disaient la messe, eurent de
la peine à empêcher que le calice ne fût renversé. La plupart des hommes et des femmes
couraient en chemise dans les places et dans
les rues, sans savoir où se cacher, pour éviter l'accablement dont ils se croyaient me-
nacés par la ruine des maisons. Je n'avais
pas imaginé qu'à tous les désagrémens d'Espagne, il se fût joint celui de s'y voir en-
glouti dans la terre, qui s'est ouverte en
quelques endroits, ou écrasé sous les ruines
des maisons; car jamais on n'a vu ici de
ces tremblemens. Hier, à tout moment,
je croyais que cela allait recommencer.
Comme les pluies recommencent, il se
pourra bien faire qu'il reviendra encore
quelque tremblement. Je souhaite avoir
cette singularité par-dessus vous, et que
vous n'éprouviez de votre vie ce qu'on pense
en pareille occasion. Je ne sais point encore
si le tremblement de terre aura été jusqu'à
l'Escurial où cette cour est depuis lundi dernier. Je fus, dimanche au soir assez tard,
avec la reine, qui n'avait pas beaucoup d'en-

vie d'aller en ce lieu, dont les plus grandes
beautés sont les magnifiques places qu'on a
fabriquées pour mettre les corps des rois et
des reines après leur mort. Elle n'a pas laissé
de marquer de la joie d'y aller, pour faire
voir sa complaisance pour les volontés du
roi. Elle m'écrivit le lendemain qu'elle n'a-
vait pas trouvé tout ce que je lui avais dit de
cette maison ; car il est vrai que je lui en avais
parlé à lui donner de l'envie d'y aller. Je ne
vous dis point tout ce qu'elle m'a dit ni tout
ce qu'elle m'a écrit sur la peur qu'elle a que
je ne m'en aille. Elle ne le peut croire par
cette heureuse facilité qu'elle a à se persuader
tout ce qui lui peut ôter du chagrin. Elle me
fit savoir, avant que de partir pour l'Escurial,
que, sans m'en parler, elle avait écrit d'une
sorte à *Monsieur* sur mon sujet, qu'elle ne
pouvait pas croire qu'il n'eût assez de crédit
pour obtenir qu'on m'accordât de ne point
m'en aller, et qu'elle avait représenté les
raisons et les véritables besoins qu'elle croit
avoir que je ne parte pas d'ici. Je l'ai suppliée de se préparer au peu d'effet qu'aura

sa lettre ; et j'ai ajouté que, si elle m'avait fait l'honneur de m'en demander mon avis, je lui aurais dit de marquer simplement le bonheur que j'avais de lui plaire, et de n'insister point sur autre chose. Quoi qu'il arrive de cette lettre, je lui en aurai autant d'obligation que si le succès en était heureux ; mais je ne m'y attends pas.

Je ne puis finir celle-ci sans vous parler de quelle manière cette cour se prépare pour les voyages, qui ne sont jamais qu'à l'Escurial ou Aranjuez. Il en coûte au roi des sommes immenses ; il n'y a pourtant que sept lieues ; mais les voleries sur cela vont toujours leur chemin. Il y a, pour le moins, ce jour-là cent cinquante femmes du palais, soit *segnoras de honor*, ou dames qui sont comme des filles d'honneur en France, ou *camaristes* ou leurs *criadas*, ou servantes. Pour les *segnoras*, ce sont de vieilles veuves, toujours habillées et coiffées de la même sorte ; les dames sont en leurs plus beaux habits, avec des chapeaux et des plumes, assez galamment mises, et sur leurs épaules ce

qu'elles appellent *mantilles* : ce n'est ni
manteau, ni écharpe; cela est de velours en
broderie d'or et d'argent; les unes les ont
vertes, les autres incarnates. Elles les portent
d'un air particulier, un bout qui se passe
sous le bras, et l'autre sur l'épaule, en sorte
qu'elles ont un bras dégagé. Voilà ce qu'elles
ont de meilleure grâce. Tous les galans les
voient monter en carrosse, et font leur chemin en galopant après elles. Plusieurs de
ces messieurs, sur de beaux chevaux, sui-
vent *incognito*, avec des bonnets qui s'a-
battent, et qui leur cachent le visage. Ils ne
sont pas pour cela inconnus à leurs dames.
La reine avait, le jour qu'elle fut à l'Escurial, un chapeau avec des plumes jaunes et
noires; mais, pour ces *mantilles*, il est
écrit qu'il faut que les reines n'en portent
point, en dussent-elles mourir de froid.
Je ne pourrai vous faire comprendre comme
cette princesse est embellie, crue et engraissée; un teint admirable; elle s'aime
aussi passionnément. L'ordre de ce voyage
de l'Escurial est que la cour y séjourne

5..

jusqu'à la Toussaint. Le lendemain leurs majestés font prier Dieu solennellement pour tous les rois et reines qui sont là devant leurs yeux ; et le jour d'après ils reviennent à Madrid avec le même équipage qu'ils en sont partis. Mais, si j'étais à leur place, je n'y reviendrais pas, et j'établirais ma cour en un autre lieu où la terre ne tremblerait point.

Si le courrier n'allait partir, je crois que je vous écrirais jusqu'à demain. Quel signe est-ce, madame? car je n'aime point du tout à écrire.

LETTRE XXV.

Madrid, 31 *octobre* 1680.

J'attends la reine à son retour de l'Escurial, pour lui faire voir tout ce que vous me dites d'elle dans votre lettre. Elle a été deux jours malade. J'y envoyai aussitôt pour m'offrir de l'aller servir. Ce n'était rien, et j'en fus doublement aise, car nous avons souhaité, M. *de Villars* et moi, qu'elle fût un peu sous sa propre conduite, et que l'on vît que je ne suis pas bien empressée de la cour. On dit qu'il s'est passé plusieurs petites affaires; si j'avais été là nous n'aurions pas été d'accord, car je l'aurais suppliée de n'abuser pas de la permission qu'on lui donnait de monter à cheval, et de ne s'en servir que rarement. Elle m'a souvent honorée de ses lettres. Elle est toujours persuadée qu'il est impossible que je m'en aille. Cependant, si M. *de Villars* avait eu de l'argent pour me faire partir, je crois que je serais déjà bien loin. Je pense vous avoir écrit que ma fille ne serait point dame de la jeune reine. On dit que c'est une loi indispensable qu'il faut demeurer dans le palais; qu'il est de toute nécessité d'y faire de la dépense, et que dix mille francs ne suffiraient pas : au moins quatre ou cinq femmes pour servir; un ordinaire, des meubles, des habits, et, au bout de tout cela, entre vous et moi une vie fort ennuyeuse, et qui ne promet pas une fortune assurée. Je ne puis, ma chère dame, vous en dire davantage; il le faudrait pourtant, si je voulais vous faire comprendre mille choses que, malgré tout l'esprit que vous avez, vous ne pouvez pénétrer de si loin. Je vous prie encore que vous ne vous amusiez point, s'il se peut, à faire des réflexions sur notre malheureux état, état dont, par discrétion, je vous cache plus de la centième partie du désagrément. Pour m'en remettre, j'use du charmant remède de songer que je ne suis rien moins que jeune, que la mort approche, et qu'il est meilleur qu'elle nous trouve dénués de tout ce qui compose les plaisirs de la vie. Pour vous, madame (1), qui la pouvez envisager d'une plus longue durée, vous avez de quoi être plus vive et plus sensible aux injustices de la fortune. Je ne vous dis point tous les souhaits que je fais pour qu'elle puisse changer, et à quel point, si on le mérite, je vous crois digne d'être heureuse ; mais, madame, quel trésor, si nous pouvions découvrir et mettre en usage le secret d'être véritable-

(1) Madame *de Coulanges* avait pourtant 49 ans.

ment dévotes, et de nous en servir pour
l'autre vie! Je ne me saurais plaindre de ce
que nous souffrons, tant que Dieu me con-
servera mes enfans (1), que j'aime tendrement.

Je n'ai point encore de nouvelles de votre
portrait ; j'espère pourtant l'avoir bientôt
par un gentilhomme que nous attendons.
Que ce portrait me fera de plaisir.

Nous fûmes hier à une maison du roi,
à deux lieues d'ici, qu'on nomme le Prado.
Il n'y a autour ni bois, ni jardins, ni fontaines; et dans la maison ni siéges, ni bancs,
ni tables, ni carreaux, ni lits; c'est pourtant
la favorite, et celle où leurs majestés vont
très-souvent. Je ne sais pas encore à quoi
elles s'y peuvent divertir : je le demanderai
à la reine. Toute mon attention fut de regarder très-long-temps les portraits de cette
reine *Elisabeth* (2), et de ce misérable don

(1) Le maréchal son fils, était âgé de 28 à 29 ans.

(2) Fille aînée de *Henri II* et de *Catherine de Médicis*,
femme de *Philippe II*, roi d'Espagne. Elle mourut le 3 octobre 1568, en couche, non sans soupçon de poison.

Carlos (1), en songeant à leurs funestes aventures : ils étaient bien faits l'un et l'autre.

LETTRE XXVI.

Madrid, 14 *octobre* 1680.

Votre petit portrait a été très-bien reçu, et trop bien de M. *de Villars*, qui en fait son propre. Je n'ai pas laissé de le porter au palais, où il a passé par toutes les mains des dames, car, pour les hommes, ils ne peuvent rien admirer ici que de bas en haut, par les fenêtres. La reine le prit d'abord pour celui de madame *de Nevers*. Ce portrait fait souvenir de vous, c'est-à-dire, qu'il ne vous ressemble pas parfaitement ; et il est impossible, quand on viendrait à bout de peindre tous vos traits, d'imiter

---

(1) Fils de *Philippe II*, exécuté le 24 juillet 1568. Il avait demandé et obtenu la princesse *Elisabeth*, mais le roi, étant devenu veuf, la prit pour lui.

que très-grossièrement ce qu'il y a de vif et
de spirituel dans tout ce qui compose votre
visage. Ce n'est pas la faute du peintre, et
ce petit portrait est aussi bien et aussi
agréable qu'on le pouvait faire. Je vous en
rends mille grâces, ma chère madame, et
de tout ce que vous me dites pour me marquer votre amitié et votre tendresse. Je ne
puis pas mieux sentir l'amitié que j'ai pour
M. *de Villars*, que d'être avec lui dans le
pays du monde le plus rempli d'ennui. Car,
comme dans les lieux de plaisir, on dit or-
dinairement que les semaines passent fort
vite, celles d'ici sont d'une longueur infi-
nie. Je vais souvent au palais; peut-être ne
trouverais-je pas tant d'ennui, si je n'avais
que dix-huit ans. Il y aurait bien des choses
à vous dire là-dessus.

Il y a deux ans qu'il mourut une des
dames de la maison de la reine (1), qui n'a-
vait que treize ou quatorze ans. On a plus de
soin d'elles, quand elles sont mortes, que

_____

(1) De la maison de Portugal.

dans leurs maladies ; car ce sont des chiens
que tous ces médecins-ci et leurs remèdes
ridicules. Il y a une grande chapelle dans le
palais. Elle y fut mise dans un coffre couvert
de panne couleur de feu, avec un grand galon
d'or, à la lueur de quantité de flambeaux.
Elle était en habit de religieuse, composé
de bleu et de blanc. On lui avait mis bien
du rouge sur les joues et sur les lèvres. Elle
était très-belle dans cet état. Ce coffre ferme
à clef : la *guarda mayor* le ferma, et puis
vint le majordome de la reine, auquel on
ouvrit ce coffre, pour lui faire voir qu'elle
était dedans, et il en prit la clef. Les gardes du roi portèrent le corps jusqu'au
haut du degré, à une porte où les grands
d'Espagne attendaient pour le porter jusqu'au carrosse qui le devait mener jusqu'au
lieu de la sépulture. Le majordome, arrivé
dans cette église, ouvrit encore ce coffre
pour faire voir aux religieux le corps de
cette pauvre dona *Juana* de Portugal; après
quoi, il fut mis en terre avec les prières ordinaires. Je ne pensais nullement à vous faire

ce récit, qui n'est pas divertissant. Mais il ne faut pas aussi être toujours tant sur ses gardes, pour ne parler jamais de la mort, qui va indifféremment dans tous les pays du monde.

J'espère vous envoyer, par la première commodité, deux excellentes paires de gants d'ambre, et un éventail de la part de la reine, dont la santé et la beauté augmentent tous les jours.

LETTRE XXVII.

Madrid, 28 novembre 1680.

Je n'ai point eu de vos lettres par ce courrier. Je vous ai déjà mandé que je ne m'en allais plus. Quand jusqu'ici j'aurais douté de l'amitié que vous croyez que j'ai pour M. *de Villars*, j'en serais plus que certaine à l'heure qu'il est, par la joie que j'ai sentie de ne m'en point aller de cette aimable ville de Madrid : entendez, par ce mot *aimable*, tout l'opposé de ce qu'il dit

en effet. Après tout cela, malgré la destinée, je commence à jouir aujourd'hui d'un
plaisir. Nous quittons notre grande, incommode et chère maison pour aller loger dans
une autre beaucoup moins chère et très-
commode. A peine ai-je trouvé de quoi
vous écrire, n'ayant plus rien dans ma
chambre. Notre jeune reine m'a fait paraître plus de joie de ce que je ne m'en allais point, que vraisemblablement cela ne
lui en a dû causer.

Je ne vous entretiendrai guère aujour-
d'hui. Il m'en déplaît fort, ma chère madame; car il me semble que j'aurais bien
des choses à vous dire.

LETTRE XXVIII.

Madrid, 27 décembre 1680.

Vous m'écrivez que le marquis *de Ligneville* a passé par Lyon, et qu'il ne vous
a point vue. Ce n'est pas de quoi je me soucie; et je lui pardonne de n'avoir pas eu cet

esprit, pourvu qu'il vous ait laissé le petit présent que je vous envoyais par lui.

Je suis beaucoup plus tranquille que je n'étais le temps passé, quand je vous parlais de la peine que me causait cette vue d'un prochain départ. Le petit secours que le roi a eu la bonté de donner à M. *de Villars* nous fait un peu respirer. Nous avons payé et quitté notre grande maison de huit cents pistoles de loyer, et nous sommes présentement dans une autre la moitié moins chère et mille fois plus commode Je ne voudrais pour rien du monde que la guerre recommençât ; car je me souviens trop de la vivacité de mes peines dans ce cruel temps. Mais quel plaisir, sans qu'il en fût question, de sortir d'Espagne, et de pouvoir subsister dans quelque lieu agréable, jouissant du plaisir de voir et d'entretenir ce qu'on aime! Si vous me revoyez jamais, vous prendrez, s'il vous plaît, la peine de me siffler comme un perroquet ; car assurément je perds ici l'usage entier d'entendre et de parler, comme on fait au coin de votre feu. Il fait ici le même froid qu'à Paris ; mais il n'y a point de cheminées. Nous en avons fait faire une dans notre nouvelle maison, qui est la plus grande consolation que nous ayons à Madrid. Elle n'en donne point aux dames qui me viennent voir ; car elles ne savent point s'asseoir dans une chaise, ou sur quelque autre siége. C'est une chose plaisante que l'air qu'elles ont quand elles sont assises : elles paraissent lasses, fatiguées, ne pouvant non plus se tenir que si on les faisait danser sur la corde. Voilà de belles nouvelles ; mais jamais Madrid n'en a moins produit. Tout y est dans une manière d'assoupissement misérable.

Vous recevrez un paquet qui en contient trois autres cachetés du cachet de la reine, et les dessus de sa propre main. Il y a deux paires de gants, et un éventail dans chacun ; vous aurez soin de les envoyer à leur destination. La reine ne voulait pas que je vous mandasse que c'était de sa part, trouvant que le présent était trop petit. Vous le direz à mesdames de *Sévigné* et de *Vins*.

On dit que les éventails seront meilleurs dans quelque temps. Cette jeune princesse continue d'embellir. Elle est grasse , le plus beau teint du monde, une gorge admirable, les yeux très-beaux , la bouche agréable. Quand je vois qu'elle croit avoir sujet de s'ennuyer, je change de discours. Adieu , madame.

LETTRE XXIX.

Madrid , 12 décembre 1680.

La connétable *Colonne* est dans un pitoyable état. Je crois que je vous ai mandé que son mari la fit partir un peu brusquement d'ici , pendant que la reine était à l'Escurial. Elle ne tua ni ne blessa personne. Elle est actuellement dans ce qu'on appelle l'Alcaçal (1) de Ségovie, très-misérablement traitée. La reine aurait fort souhaité qu'on lui eût accordé avant cela ce qu'elle

_____

(1) Château royal de Ségovie.

demandait pour toute grâce à son mari,
qu'on la mît dans un couvent, le plus austère qu'on pût choisir à Madrid. Cette pauvre malheureuse écrit souvent au confesseur de la reine, qui, par l'ordre de cette
princesse, va quelquefois exhorter le connétable à vouloir bien que sa femme vienne
ici dans un couvent. Il y a douze ou quinze
jours que ce mari dit au confesseur, qu'il
ne pouvait consentir que sa femme vînt à
Madrid, si elle ne se faisait religieuse dans
le couvent où elle entrerait, et que lui, il
prendrait les ordres. Le confesseur a écrit
cette proposition à la connétable, qui l'a
acceptée. Je crois qu'il n'y a pas une moindre vocation que la sienne à la religion.
Cependant, comme elle a fait dire à son
mari qu'elle fera tout ce qu'il voudra, cela
pourra l'embarrasser; car je ne crois pas
qu'il ait aucune intention de la faire entrer
dans Madrid. On m'écrit de Paris que je
me mêlais de ses affaires, et que j'étais fort
dans ses intérêts. J'ai répondu sur cela à
une de mes amies qui m'en écrivait, que je

croyais qu'on avait jeté à croix ou pile, duquel il valait mieux m'accuser, ou de trop de dureté pour cette infortunée, ou de trop de pitié. Car, pour elle, elle se sentit tout-à-fait outragée, quand elle vint dans notre maison, pleurant et demandant qu'on l'y souffrît pour une nuit, et qu'on lui prêtât secours pour la faire entrer dans son couvent; on ne put lui accorder ce qu'elle voulait, et je la résolus, avec une peine extrême, à retourner chez le marquis *de los Balbasès*, où je la remenai à dix heures du soir, M. *de Villars* ne voulant pas se mêler de ses affaires. Si j'ai eu pitié d'elle, depuis cette visite-là, cette pitié ne s'est signalée en rien; et la reine qui aurait bien voulu lui faire le plaisir d'obliger son mari de la mettre ici dans un couvent, dit que *Monsieur* lui a recommandé de lui rendre tous les bons offices que raisonnablement elle pourrait désirer d'elle. Celui de la faire enfermer dans un couvent le plus austère, ne paraissait pas indigne à cette princesse qu'elle s'y employât.

M. le prince de Parme est donc amoureux de la comtesse *de Soissons?* Ce n'est pas un joli galant. Ce n'est pas aussi que s'il avait cent mille écus dans son coffre, il ne les dépensât en un jour, mieux qu'aucun homme du monde, pour plaire à sa dame. Le roi, notre maître, ne peut pas souhaiter un autre gouverneur en Flandre pour Sa Majesté catholique.

La reine ne se divertit pas si bien qu'on pourrait le croire. Elle est jeune et saine, d'un heureux tempérament. Je ne pense pas qu'au reste du monde l'on voie ce que nous avons vu depuis que nous sommes dans ce royaume; la peste, la famine, des ravages d'eaux dont on n'avait jamais entendu parler; un tremblement de terre qui a presque entièrement détruit cinq ou six villes, sans compter les frayeurs où je fus après cela quinze jours durant. Le moindre mouvement me paraissait un tremblement de terre; mais il nous manquait encore quelque chose, une comète. Assurez-vous que depuis huit jours il en paraît une des plus grandes et des mieux marquées qu'on ait jamais vues. Elle commence à se montrer sur les quatre à cinq heures du soir, et dure jusqu'à huit ou neuf. Comme il ne nous appartient pas d'en avoir peur, c'est une des choses qui me sont le plus indifférentes, car je suis persuadée qu'elle ne signifie rien pour la France.

LETTRE XXX.

Madrid, 26 janvier 1681.

Il faut vous dire deux mots de la connétable *Colonne.* Je trouvai le confesseur de la reine, il y a deux jours, au palais, qui avait apporté un lettre pour la montrer à cette princesse, avant qu'il la fermât. Il venait de chez le connétable *Colonne,* qui l'avait écrite à sa femme, en présence du confesseur. Elle contient que le mari consent qu'elle vienne à Madrid, dans un couvent nommé ; qu'elle prenne l'habit de religieuse le même jour qu'elle y entrera ; et,

I.   6

trois mois après, qu'elle fasse profession. Je
ne doute pas qu'elle n'accepte ces condi-
tions pour quitter le lieu qu'elle habite présentement. Je ne conseillerais pas à la reine
de répondre qu'elle n'en sortira jamais.

Cette princesse continue de se bien porter , et de passer à l'église sept ou huit heures
les jours et veilles de grandes fêtes. Je ne
voudrais pas vous répondre qu'elle en fût
plus dévote. J'ai toujours l'honneur de la
voir souvent. Le roi l'aime autant qu'il peut;
elle le gouvernerait assez; mais d'autres machines, sans beaucoup de force ni de rapi-
dité , donnent d'autres mouvemens, et tour-
nent et changent les volontés du roi. La
jeune princesse n'y est pas trop sensible.
Elle parle présentement très-bien espagnol.
Elle connaît toute la cour , et les différens
intérêts de ceux qui la composent. La reine,
sa belle-mère, qui est très-bonne princesse,
l'aime toujours fort tendrement.

LETTRE XXXI.

Madrid, 23 janvier 1681.

Le comte *de Monterei* a été exilé de cette cour il y a quatre ou cinq jours. On ne dit point pourquoi. Je ne le puis comprendre, si ce n'est qu'il est le plus honnête homme du monde; et le plus propre à bien servir son roi. L'on refuse toujours le congé à son père, le marquis *de Liche,* qui est ambassadeur à Rome, malade, ruiné, par conséquent fort ennuyé. Je vis, l'autre jour, sa femme, qui est fort jolie, fondre en larmes aux pieds du roi, pour obtenir le congé. Je ne vous parlerai point de choses plus divertissantes et plus gaies, ma chère madame. Qu'il est difficile de l'être à Madrid! et que, si l'on avait de bonnes dispositions pour la pénitence, ce serait un lieu propre pour la faire! La reine est en parfaite santé, et dans une grande fraîcheur. De vous dire de quoi elle soutient tout cela, c'est ce que j'ignore absolument.

6.

LETTRE XXXII.

Madrid, 6 *février* 1681.

Vous n'avez donc point reçu, par le marquis *de Ligneville,* le petit présent que je croyais qui vous serait fidèlement rendu? Les messagers ordinaires, à ce que je vois, ont plus d'honneur et de probité que les gens de qualité portant de beaux noms. Vraiment, madame, ce n'est pas pour le vanter ; mais ce que je vous envoyais, quoique peu précieux et peu magnifique, était pourtant joli et bien choisi ; et j'aimais à imaginer que tout cela vous plairait. Ce *Ligneville* est des amis du marquis *de Grana,* et ma confiance était parfaite. Ne vous fatiguez d'aucun compliment pour la reine catholique, je les lui fis hier.

L'on attend, tous les jours ici, la connétable *Colonne,* pour prendre l'habit de religieuse. Son mari, qui est fort avare, dispute sur le prix avec le couvent où elle doit entrer. Elle écrivait, l'autre jour, que

sa sœur *Mazarin* ferait bien mieux de venir se faire religieuse avec elle.

Je songe à ce que je puis vous dire de
cette cour. Je ne manquerais pas de matière ;
mais, de si loin, il n'est pas possible de
traiter beaucoup de sujets. La vie du palais
ne convient point à des personnes qui n'y
sont point nées, ou du moins qui n'y
sont pas venues dès l'enfance ; il faut
pourtant dire la vérité en faveur des Espagnols, qu'ils ne sont ni si terribles, ni si
soupçonneux qu'on nous les figure. Les
reines sont toujours bien ensemble. Depuis
le moment que la jeune est entrée en Espagne, M. *de Villars* s'est appliqué à la
bien persuader qu'il fallait pour son repos,
qu'elle fût en bonne union avec la reine,
sa belle-mère, et qu'elle se gardât bien
d'écouter des avis contraires. Je ne fais autre chose aussi que de tâcher de lui mettre
cela dans la tête. Elle ne se divertit pas trop
à raisonner sur la politique. Jusqu'ici tout a
assez bien été ; et, entre vous et moi, tout
aurait été encore mieux, si, dès la fron-

tière, on lui eût ôté généralement toutes les Françaises. On ne peut avoir plus d'esprit qu'elle en a, joint à mille aimables qualités. J'y vais toujours souvent, quoique je la supplie quelquefois de trouver bon que mes visites ne soient pas si fréquentes. Ma fille y va peu, quoique la reine m'ordonne souvent de la lui mener.

Je vous ai mandé que le comte *de Monterei* avait été exilé. Le duc *de Veragas* le fut aussi hier. Il est dans l'alliance et ami de ce premier.

Je ne vous parle point de la misère de ce royaume. La faim est jusque dans le palais. J'étais hier avec huit ou dix *Camaristes* et *la Moline*, qui disaient qu'il y avait fort long-temps qu'on ne leur donnait plus ni pain ni viande. Aux écuries du roi et de la reine, de même. Je ne voudrais pas qu'on sût, au pays où vous êtes, que je me mêlasse seulement d'écrire cela. Mais je sais bien que vous ne me commettrez pas, et qu'il y a bien souvent des choses dans mes lettres, dont on pourrait se moquer.

LETTRE XXXIII.

Madrid, 19 février 1681.

Me voici à mon second mercredi des cendres; ce qui m'a assez plu, c'est que le carnaval, comme je vous l'ai déjà mandé, ne veut point, en ce pays, se donner un air de plaisir; et hors qu'il n'y a plus de comédie au palais ni à la ville, tout le reste va son même train; personne ne fait le carême. Le palais est toujours la même chose, On y parle d'aller à Aranjuez, incontinent après Pâques, que la reine fera quelques remèdes, et qu'elle en reviendra sûrement grosse. Je vais souvent voir la marquise *de Grana*, qui est malade, et qui ne sort point depuis trois mois. Ce sera un grand hasard, si elle n'est la troisième ambassadrice qui mourra ici. Elle prendrait la résolution de s'en retourner, sans qu'elle ne peut se déterminer à laisser son mari, qu'elle aime fort.

La connétable arriva samedi dernier de
fort bonne heure. Elle entra dans le couvent; les religieuses la reçurent à la porte
avec des cierges, et toutes les cérémonies
ordinaires en pareille occasion. Delà on la
mena au chœur, où elle prit l'habit avec un
air fort modeste. Un Espagnol, qui était
dans l'église, m'a conté tout ce qu'il vit.
L'habit est joli et assez galant, le couvent
commode. Je ne puis avoir bonne opinion de l'esprit et de la pénétration de
messieurs les Italiens et Espagnols, de s'être
persuadés que cette femme ait pu accepter
de bonne foi la proposition de se faire religieuse, et d'espérer par là qu'elle va leur
assurer tout son bien. La première fois que
j'entendis parler au confesseur de la reine
de la commission qu'il avait du connétable,
d'écrire à sa femme, et de lui proposer ce
parti; je crus que c'était une pure raillerie,
dont je n'aurais jamais voulu me mêler. Le
bon père écrivit, et la dame n'hésita pas
un moment à lui répondre qu'elle y consen-
tait. Pour moi, sans en savoir autre chose,

je ne crois point du tout à cette subite vocation Je ne me suis pas pressée de lui aller rendre visite : je ne sais encore quand je la verrai.

A propos de visites, vraiment j'en fis
une, il y a trois ou quatre jours, qui m'ef-
fraya beaucoup. Une dame de qualité,
femme du comte *Ernand-Nuguès*, depuis
un mois ou six semaines était accouchée ;
et, comme elle avait été assez mal, on ne
l'avait point vue. J'envoyai savoir de ses
nouvelles, et son mari, qui est de nos
amis et qui parle bien français, me manda
que je ferais honneur à sa femme de l'aller
voir. J'y fus donc : je m'assis un moment
auprès de son lit ; car je ne l'eus pas plus tôt
envisagée, que je me levai. Je tirai son mari
à part, et je lui dis que je ne demeurais pas
plus long-temps, craignant d'incommoder
madame sa femme. Il me répondit que point
du tout ; et moi, je l'assurai qu'elle était
fort mal, n'osant lui dire qu'elle se mourait. Il vint, sur ces entrefaites, deux
Grandes d'Espagne, dont la duchesse *de
Patrana* était une. Je sortis ; et, à trois

6..

heures après minuit, la dame était morte : elle n'avait que vingt-deux ans. Voilà la quatrième, depuis trois mois, qui meurt en couche. Le comte *Ernand-Nuguès* a été menin de notre reine, et a été assez long-temps en France. On est très-mal traité en ce pays-ci de toutes sortes de maladies.

Adieu, madame, je vais me promener dans un carrosse *incognito*, à une promenade publique, au milieu de la campagne, où il y a un prédicateur qui prêche quatre ou cinq heures, et qui se donne des soufflets à tour de bras ; on entend, dès qu'il a commencé à se les donner, un bruit terrible de tout le peuple qui fait la même chose. Comme il n'y a pas d'obligation de se châtier de la sorte, nous allons assister à ce spectacle qui se voit, en carême, trois fois la semaine. Le détail des dévotions de ce pays serait une chose divertissante à vous faire savoir.

LETTRE XXXIV.

Madrid, 3 avril 1681.

Vous, madame, plusieurs de mes amies, et même mes enfans, vous paraissez étonnés et comme fàchés de n'être point informés par mes lettres de tout ce qui se passe ici touchant le rappel de M. *de Villars*, et ce qui me regarde en mon particulier, jugeant qu'il faut bien que ce ne soit pas un secret en cette cour. Vous m'en croirez bien, ma chère madame, puisque assurément, dans le nombre de mes défauts, je n'ai pas celui de mentir. Rien au monde n'est donc venu à notre connaissance de ce qu'on a pu inventer sur la conduite que j'ai tenue ici. Vous et mes enfans me dites seulement que j'ai fait des intrigues dans le palais. Si l'on savait ce que c'est que l'intérieur de ce palais, et qu'aucune dame ni moi, ne nous disons jamais que bonjour et bonsoir, parce que je n'ai pu apprendre la langue du

pays ; on ne dirait pas que ça été avec les
femmes non plus qu'avec les hommes, dont
aucun ne met le pied dans tout l'appartement
de la reine. A l'égard du jeune roi et de sa
haine pour les Français, qui est grande, je
puis dire qu'elle est moins violente pour moi
que pour les femmes françaises de la reine,
par la raison qu'elles sont plus souvent auprès d'elle que je n'ai cet honneur. Si le premier ministre a fait négocier notre retour
en France par l'ambassadeur d'Espagne qui
est à Paris, le roi leur maître n'en a rien su ;
car le jour qu'on eut ici la nouvelle, il parut fort étonné quand on la lui apprit et demanda aussitôt si ce n'était point une marque qu'on allât rentrer en guerre avec la
France. Jugez, sur cela, de beaucoup d'autres circonstances que je ne vous dis pas.
Le roi et la reine sont dans une grande
union, et meilleure depuis deux ou trois
mois qu'elle n'a jamais été. Je ne me vante-
rai pas de m'être mêlée de donner des conseils à la reine; elle a un assez bon esprit pour
n'en avoir pas besoin. Je ne sais si le roi lui

communique les secrets de l'état ; c'est ce
qui n'est jamais entré dans les conversations
que j'ai eu l'honneur d'avoir avec elle. Je
ne sais plus que vous dire ; car, en vérité,
je ne trouve pas la moindre chose digne de
remarque en tout ce qui s'est passé depuis
que je suis en ce pays. Avec toute la tran-
quillité que doit inspirer le repos d'une
bonne conscience, je suis pourtant affligée
du malheur que j'ai de ne pouvoir quasi
douter que mon nom n'a jamais été proféré
que bien sinistrement devant tout ce qu'il y
a de plus grand et de plus respectable dans
le monde ; et ce que je souffre à cet égard,
me fait porter une véritable envie aux
gens dont on n'a jamais entendu parler
ni en bien ni en mal. Le jour que M. *de
Villars* reçut un ordre pour son retour,
je tremblais qu'il ne portât aussi de me faire
partir incontinent. Mais, quand je sus qu'il
n'y en avait pas un mot, je pris patience.
J'ai plus de reconnaissance de cette bonté
du roi, malgré mon innocence, que n'en
ont mille gens pour les solides bienfaits

qu'ils reçoivent tous les jours de Sa Majesté.
Je ne laisserai point de partir la première,
parce que M. *de Villars* s'en ira plus vîte,
quand il sera tout seul, dès le moment qu'il
aura reçu les derniers ordres du roi. Adieu,
madame; laissez dire de moi tout ce qu'on
voudra. Je vous verrai bientôt, ce me sera une
véritable joie. Quel voyage ai-je à faire, et
quelle fatigue à essuyer !

LETTRE XXXV.

Madrid, 17 avril 1681.

Je vous rends grâces de l'impatience que
vous me marquez de savoir le temps de mon
retour; je ne puis vous le dire. On a mille
choses à faire avant que de partir. C'est
M. *de Villars* qui règle tout cela. J'ai pris
congé de la reine avant son départ pour
Aranjuez. Elle m'a fort commandé de l'y
aller voir, mais je ne sais si j'irai. Vous me
demandez des raisons pour alléguer contre
les torts qu'on me donne au pays où vous

êtes ; mais il me les faudrait apprendre auparavant. Tout ce que je sais de Paris, est qu'on publie que j'ai eu un grand démêlé avec un maître-d'hôtel de la jeune reine ; mais, comme j'ai déjà répondu que je n'en connais pas un, et que jamais je n'ai eu le moindre mot avec homme ni femme, dedans ou dehors le palais, je ne saurais plus en rien dire. Toutes ces choses seront des nouveautés pour moi, quand j'arriverai à Paris. Il me semble qu'on dit encore que je vois trop souvent la reine. Si elle ne l'avait pas voulu, cela n'eût pas été ; et si de France on avait ordonné à M. *de Villars* que mes visites fussent moins fréquentes, on ne se le serait pas laissé dire deux fois. Je vous conterai un jour plus au long comme je m'y divertissais. Je vous supplie instamment encore une fois, ma chère madame, de laisser dire sur mon sujet tout ce qu'on voudra, pourvu que ces mensonges ne fassent point d'impression sur votre esprit : c'est tout ce que je désire de vous.

Ce que l'on vous mande de Rome de la

connétable *Colonne* serait meilleur pour
elle que ce qui se passe ici. La pauvre femme
est peut-être bien près d'éprouver de pires
aventures que toutes celles qu'elle a eues
par le passé. Il ne faut rien imputer à toutes
ces sortes de têtes-là ; mais on ne peut s'empêcher de la plaindre. C'est la meilleure
femme du monde, à cela près qu'il n'est
pas au pouvoir humain de lui faire prendre
les meilleurs partis, ni de résister à tout ce
qui lui passe dans la fantaisie. Son mari part
samedi ou lundi avec ses enfans. Il a marié
l'aîné, comme vous savez, avec une fille de
Medina Celi, premier ministre, qu'il em-
mène aussi à Rome. La connétable demeure
dans son couvent, où apparemment elle va
manquer de tout. Elle y est déjà misérable-
ment. Si je n'avais pas autant compati à son
malheur, je n'aurais pu m'empêcher de me
divertir en l'entendant parler comme elle
fait. Elle a de l'esprit ; elle écrit que cela
est surprenant, avec ses *hauts* et *bas*. Il
était, en quelque sorte, facile à M. *de Ne-*
vers, son frère, de la tirer du malheureux

état où elle est, s'il était venu ici pour soutenir ses intérêts. Elle n'aurait pas été réduite à jouer la religieuse. Je pensai tomber de mon haut, quand le confesseur de la reine me dit qu'il lui allait écrire la proposition de se faire religieuse pour sortir du château de Ségovie. Elle n'hésita pas un moment, comme je vous l'ai mandé, à trouver qu'elle en avait la vocation. Je crus au moins qu'étant entrée dans le couvent, elle déclarerait qu'elle se moquait, et que tout ce qu'elle avait promis était pour sortir de prison; mais au lieu de cela, elle prend l'habit dès l'instant qu'elle a mis le pied dans l'église. Il fallait que son frère vînt alors l'enlever de là, et tâcher de la faire aller demeurer avec la duchesse *de Modène*, comme on l'avait proposé.

J'ai fort bien commencé et fini le carême; je n'en suis pas malade, Dieu merci. Le chocolat est une chose merveilleuse. N'en voudrez-vous point prendre?

On parle beaucoup de guerre avec le Portugal. Les deux princes veulent absolu-

ment qu'une certaine île soit à eux. Ils assurent qu'ils vont faire la guerre, si l'on ne
la leur cède. On est pourtant tout-à-fait
tranquille dans cette cour. Adieu, madame;
je vous aime de tout mon cœur.

LETTRE XXXVI.

Madrid, 1.er *mai* 1681.

Jamais rien au monde ne m'a paru moins
un compliment que tout ce que vous me
dites, ma chère madame, sur l'obligeante
envie que vous me marquez que j'aille loger
chez vous en arrivant à Paris. Soyez bien
persuadée que je pense et que je sens sur
cela tout ce qu'il faut pour inspirer une
tendresse vive et reconnaissante. Mes enfans
vous feront mille excuses de ma part, de
ce que je ne puis faire ce que vous souhai-
tez. Ce sont des excuses bien différentes de
celles que l'on emploie pour refuser une
grâce ou un service que l'on ne peut rendre.
Mais votre cœur est fait de manière que

je ne puis douter que ce ne soit vous
faire une espèce d'offense de mettre quelque
obstacle aux services que vous voulez rendre. Je vous demande donc une infinité de
pardons; je m'en demande à moi-même de
m'opposer à la joie que j'aurais de me trouver à portée de vous voir, de vous parler
à tout moment. Je ne suis pas destinée à
des plaisirs continuels, il s'en faut bien; et,
pour changer de discours, je vous avouerai
que, depuis quelque temps je suis moins empressée de mon retour à Paris ; car vous
saurez que **M.** *de Villars* prit la résolution
de me faire partir, quand il sut, par la lettre du roi, son maître, qu'il le rappelait.
Il crut, pour plus grande commodité qu'il
était plus à propos que je m'en allasse
la première, pour être en état de faire
plus de diligence; débarrassé de femmes,
de hardes et d'équipages : ne doutant point
qu'au plus tard trois semaines ou un mois
après, il n'eût ordre du roi pour partir, et
qu'il n'y eût un autre ambassadeur nommé.
Mais je vois présentement qu'on ne parle de

rien, et que M. *de Villars* peut demeurer
encore ici long-temps. Cela étant, je ne
voudrais plus m'en aller, pour ne pas laisser
mon mari dans cet ennuyeux pays, où je
puis être comptée pour quelque chose, par
rapport au dénuement de toute sorte de
plaisirs. Cependant M. *de Villars* ne pouvant s'imaginer d'être ici pour long-temps,
et les chaleurs approchant, veut que je parte.
A propos de cela, si vous trouvez par hasard, sur votre chemin, quelqu'un qui dise
que le roi ait ordonné que je m'en revinsse
en France, dites hardiment, madame, qu'il
n'en est rien; sa majesté n'en a jamais écrit
un mot à M. *de Villars*. Si ce que je vous
écris là n'était pas vrai, vous croyez bien
que je ne vous manderais pas le contraire.
Vous voyez à quoi se réduisent mes vante-
ries, qui sont de vouloir établir, parce que
cela est vrai, que le roi n'ordonne point de
me faire partir, par la raison de mes mal-
versations. Je vous entretiendrai bien, madame, quand je vous verrai. Il ne me sera,
je crois, guère difficile de vous faire avouer

que je ne mérite pas beaucoup de blâme sur
ma conduite en cette cour ; et, sans me
vanter, peut-être n'ai-je fait tort à la conduite de personne. Adieu, ma chère madame.

LETTRE XXXVII.

Madrid, 15 mai 1681.

Je ne suis point encore partie ; les pluies
ont été si excessives et si continuelles ici,
que les carrosses ni les litières ne peuvent se
mettre en chemin. Présentement que le temps
se met au beau, et qu'on nous fait espérer que
nous apprendrons par le premier courrier,
que le roi a nommé le successeur de M. *de*
Villars, je partirai plus volontiers, avec la
certitude qu'il ne demeurera pas long-temps
ici après moi. Leurs majestés catholiques
revinrent samedi d'Aranjuez. La reine a eu
la bonté de me dire qu'elle eût été au désespoir d'en revenir sitôt, sans la joie qu'elle
avait de me revoir. Elle n'a pas pourtant eu-

graissé dans ce charmant séjour. Je l'ai trouvée changée. J'ai vu la reine mère ces jours
passés, dont j'ai tous les sujets du monde
de me louer, par toutes les choses obligeantes qu'elle dit de la conduite de M. *de Villars* et de la mienne, quant à l'union de sa
belle-fille avec elle; et je suis bien persuadée qu'elle en écrit conformément à la reine
en France. Je suis à vous, ma chère madame,
plus que je ne puis vous le dire.

Fin des Lettres de madame de Villars.

LETTRES

DE

MADAME DE LA FAYETTE.

NOTICE

SUR

MADAME DE LA FAYETTE.

MARIE-MAGDELEINE PIOCHE DE LA VERGNE, comtesse *de la Fayette*, naquit, en 1632, d'Aymar *de la Vergne*, maréchal de camp et gouverneur du Hâvre-de-Grâce, et de Marie *de Péna*, d'une ancienne famille de Provence.

Mademoiselle *de la Vergne* eut le bonheur d'avoir un père en qui le mérite égalait la tendresse. Il prit soin lui-même de l'éducation de sa fille, et cette éducation fut à la fois solide et brillante. Les lettres et les arts concoururent à embellir un heureux naturel. *Ménage* et le père *Rapin* se chargèrent d'enseigner le latin à mademoiselle *de la Vergne*. Introduite de bonne heure dans la société de l'hôtel de Rambouillet, la justesse et la solidité naturelle de son esprit

I.   7

n'auraient peut-être pas résisté à la contagion du mauvais goût, dont cet hôtel était le centre, si la lecture des auteurs latins ne lui eút offert un préservatif, qu'à cette époque elle ne pouvait encore trouver dans notre littérature. Du reste, elle mit autant de soin à cacher son savoir que d'autres en mettent à l'étaler.

En 1655, âgée de 22 ans, elle épousa François, comte *de la Fayette,* frère de mademoiselle *de la Fayette,* fille d'honneur d'Anne *d'Autriche,* connue par ses chastes amours avec *Louis XIII.* Madame *de la Fayette* eut de son mari deux fils, dont l'un suivit la carrière des armes, et l'autre embrassa l'état ecclésiastique.

Douée d'un esprit cultivé et du talent d'écrire, madame *de la Fayette* ne pouvait manquer d'avoir une estime particulière pour ceux en qui les mêmes avantages se faisaient remarquer. Plusieurs gens de lettres furent admis dans sa familiarité. De ce nombre était *la Fontaine,* dont la destinée semblait être d'avoir les femmes les plus distinguées pour amies et pour bienfaitrices.

Segrais avait déplu à *Mademoiselle,* au service de laquelle il était en qualité de gentilhomme ordinaire, pour avoir blâmé son projet de mariage avec *Lauzun.* Il fut obligé de quitter la maison de cette princesse. Madame *de la Fayette* le reçut dans la sienne. Ce fut pendant le séjour qu'il y fit qu'elle composa *Zayde* et *la princesse de Clèves*. Elle fit paraître le premier de ces romans sous le nom de *Segrais*. Le succès en fut si prodigieux, que madame *de la Fayette*, toute modeste qu'elle était, dut regretter de n'en pouvoir jouir qu'en secret, et que *Segrais*, surtout, dut désirer de ne pas rester plus long-temps chargé d'une gloire, qui, croissant chaque jour, devenait un fardeau également incommode pour sa délicatesse et pour son amour-propre. Il en rendit la jouissance à celle qui en avait la propriété, sans en rien retenir que l'honneur d'avoir donné quelques avis pour la disposition de l'ouvrage. Sa renonciation fut sincère, et l'on y crut.

Le docte *Huet*, depuis évêque d'Avranches, fut lié d'une amitié très-tendre avec madame *de la Fayette*. Il composa pour elle son *Traité de l'origine des Romans*, qui fut imprimé en tête de *Zayde*. C'est à ce sujet que madame *de la Fayette* disait à *Huet* : *Nous avons marié nos enfans ensemble*.

Rien n'est plus connu que l'amitié de madame *de la Fayette* et du duc *de la Rochefoucauld*, l'auteur des *Maximes*. Elle dura plus de vingt-

cinq ans, et la mort seule en rompit les nœuds.
Ce ne serait point assez de dire que M. *de la*
Rheoucauld et madame *de la Fayette* se
voyaient tous les jours : ils étaient continuellement ensemble ; ils ne se quittaient pas. Le
duc *de la Rochefoucauld*, après l'éclat et les
agitations de sa jeunesse, condamné à la retraite
et au repos, éloigné des places et des honneurs,
abandonné de ceux qui ne s'attachent qu'à la
faveur, et de plus obsédé de maux très-doulou-
reux, se livrait trop souvent aux accès d'une
injuste misanthropie. Dans cette position, quelle
société pouvait lui être plus nécessaire que celle
d'une femme aimable et bonne, qui embellît
sa solitude, remplît le vide de son âme, adou-
cît son humeur et ses chagrins ; dont l'attachement désintéressé fût une continuelle réfutation
de son triste système, dont l'entretien fît une
agréable diversion aux maux qu'elle ne par-
viendrait pas à soulager par ses soins, qui at-
tirât chez lui, auprès de qui il pût trouver ce
choix d'hommes instruits et de femmes spirituelles, si préférable à la foule des courtisans
frivoles et perfides ? Telle était madame *de la*
Fayette pour M. *de la Rochefoucauld.* Son
ami mourut ; elle fut inconsolable. Accablée par
le chagrin et les infirmités, ayant perdu ce qui

l'attachait le plus au monde, elle se jeta toute entière dans le sein de Dieu. Les dernières années de sa vie furent consacrées aux pratiques de la piété la plus austère; elle mourut en 1693, dans sa soixantième année.

Le trait le plus marqué de son caractère, était la franchise. M. *de la Rochefoucauld* lui avait dit qu'elle était *vraie*. Ce mot qui n'avait point encore été employé dans cette acception, parut la peindre parfaitement, et dès-lors chacun le lui appliqua.

Son caractère et sa conduite ont été attaqués; mais la malignité connue de ses détracteurs suffit presque seule pour réfuter leurs accusations. Il suffit de nommer *la Beaumelle*, historien infidèle, qui presque toujours mettait à la place de la vérité les caprices de son humeur ou les saillies de son imagination; et *Bussy-Rabutin*, ce satirique impitoyable qui n'épargna ni le roi ni madame *de Sévigné*, sa cousine, c'est-à-dire, ce qu'il y avait de plus puissant et de plus aimable. Aux calomnies de pareils hommes, opposons un témoignage, qui, pour être favorable, n'en est pas moins digne de foi. C'est celui de madame *de Sévigné*. « Madame *de la Fayette*, écrivait-elle à sa fille, » est une femme aimable et estimable, que

» vous aimiez dès que vous aviez le temps d'être
» avec elle , et de faire usage de son esprit et
» de sa raison. Plus on la connaît , plus on s'y
» attache. »

Madame *de la Fayette* avait l'esprit éminem-
ment juste. *Segrais* lui avait dit : *Votre juge-*
ment est supérieur à votre esprit. Cette opinion
lui avait paru très-flatteuse. On sent que pour
bien goûter une pareille louange , il faut la mériter. Elle ne portait dans la conversation ni
les saillies étincelantes et caustiques de madame
Cornuel , ni la vivacité spirituelle de madame
de Coulanges , ni l'aimable abandon de madame
de Sévigné ; mais ses discours étaient d'une pré-
cision élégante et ingénieuse. On a retenu d'elle
plusieurs mots , entr'autre celui-ci : *Les sots*
traducteurs ressemblent à des laquais ignorans
qui changent en sottises les complimens dont on
les charge.

Il est inutile de s'étendre ici sur ses ouvrages
que tout le monde connaît. *Zayde , la princesse*
de Clèves , la comtesse de Tende et *la princesse*
de Montpensier , seront lues avec plaisir aussi
long-temps qu'on sera sensible à la délicatesse
des sentimens , aux grâces et au naturel du style.
Outre ses romans , elle avait composé un assez
grand nombre d'ouvrages historiques ; mais les

manuscrits se sont perdus par la négligence de l'abbé *de la Fayette*, son fils, qui les prêtait à tout le monde, et ne les redemandait pas. On n'a conservé que deux de ces écrits ; l'un est intitulé *Mémoires de la cour de France, pour les années* 1688 *et* 1689 ; l'autre est l'histoire de madame Henriette-Anne *d'Angleterre*, première femme de *Monsieur*.

On a encore de madame *de la Fayette* un portrait de madame *de Sévigné*, l'un des meilleurs qu'on ait faits dans ce siècle où l'on en fit tant. L'amitié retraça fidèlement les traits d'un modèle qu'elle n'avait pas besoin d'embellir. Ce portrait a été placé dans le volume que nous publions à la suite des lettres de madame *de la Fayette*.

Ces lettres, qui sont au nombre de quatorze, sont adressées à cette même madame *de Sévigné*, dont elles ne dépareraient pas le recueil. On peut croire que, si madame *de la Fayette* se fût livrée davantage au commerce épistolaire, elle eût approché en ce genre du talent et de la réputation de son amie ; « mais, lui écrivait-elle » un jour, le goût d'écrire m'est passé pour » tout le monde ; et si j'avais un amant qui » voulût de mes lettres tous les matins, je romprais avec lui. »

LETTRES

DE

MADAME DE LA FAYETTE,

A MADAME DE SÉVIGNÉ.

~~~~~~~~~~~~~~~~~~~~~~~~~~~~~~~~~~

LETTRE PREMIÈRE.

Paris, 30 décembre 1672.

J'ai vu votre grande lettre à *d'Hacque-ville* : je comprends fort bien tout ce que vous lui mandez sur l'évêque de Marseille ; il faut que le prélat ait tort, puisque vous vous en plaignez. Je montrerai votre lettre à *Langlade*, et j'ai bien envie encore de la faire voir à madame *du Plessis*, car elle est très-prévenue en faveur de l'évêque. Les Provençaux sont des gens d'un caractère tout particulier.

7..

Voilà un paquet que je vous envoie pour madame de *Northumberland*. Vous ne comprendrez pas aisément pourquoi je suis chargée de ce paquet; il vient du comte *de Sunderland*, qui est présentement ambassadeur ici. Il est fort de ses amis; il lui a écrit plusieurs fois, mais n'ayant point de réponse, il croit qu'on arrête ses lettres, et M. *de la Rochefoucauld*, qu'il voit très-souvent, s'est chargé de faire tenir le paquet dont il s'agit. Je vous supplie donc, comme vous n'êtes plus à Aix, de le renvoyer par quelqu'un de confiance, et d'écrire un mot à madame de *Northumberland*, afin qu'elle vous fasse réponse et qu'elle vous mande qu'elle l'a reçu; vous m'enverrez sa réponse. On dit ici que si M. *de Montaigu* n'a pas un heureux succès dans son voyage, il passera en Italie pour faire voir que ce n'est pas pour les beaux yeux de madame *de Northumberland* qu'il court le pays : mandez-nous un peu ce que vous verrez de cette affaire, et comment il sera traité.

La *Marans* est dans une dévotion et dans un esprit de douceur et de pénitence qui ne se peuvent comprendre : sa sœur (1), qui ne l'aime pas, en est surprise et char- mée ; sa personne est changée à n'être pas reconnaissable : elle paraît soixante ans. Elle trouva mauvais que sa sœur m'eût conté ce qu'elle lui avait dit sur cet enfant de M. *de Longueville*, et elle se plaignit aussi de moi de ce que je l'avais redonné au public ; mais ses plaintes étaient si douces que *Montalais* en était confondue pour elle et pour moi ; en sorte que, pour m'ex- cuser, elle lui dit que j'étais informée de la belle opinion qu'elle avait que j'aimais M. *de Longueville*. La *Marans*, avec un esprit admirable, répondit que puisque je savais cela, elle s'étonnait que je n'en eusse pas dit davantage, et que j'avais raison de me plaindre d'elle. On parla de madame *de Grignan* ; elle en dit beaucoup de bien,

(1) Mademoiselle *de Montalais*, fille d'honneur de ma- dame *Henriette-Anne d'Angleterre*.

mais sans aucune affectation. Elle ne voit
plus qui que ce soit au monde, sans excep-
tion ; si Dieu fixe cette bonne tête-là , ce
sera un des plus grands miracles que j'aurai
jamais vus.

J'allai hier au Palais-Royal avec madame
de Monaco ; je m'y enrhumai à mourir :
j'y pleurai *Madame* (1) de tout mon cœur.
Je fus surprise de l'esprit de celle-ci (2); non
pas de son esprit agréable , mais de son esprit de bon sens ; elle se mit sur le ridicule
de M. *de Meckelbourg* d'être à Paris présentement ; et je vous assure que l'on ne
peut mieux dire. C'est une personne très-
opiniâtre et très-résolue, et assurément de
bon goût, car elle hait madame *de Gour-
don* à ne la pouvoir souffrir. *Monsieur* me
fit toutes les caresses du monde au nez de

(1) *Henriette-Anne d'Angleterre* , morte le 29 juin
1670.

(2) *Elisabeth-Charlotte*, palatine du Rhin, que *Monsieur*, frère unique de *Louis XIV*, épousa en secondes
noces, le 21 novembre 1671.

la maréchale *de Clerembault* (1); j'étais
soutenue *de la Fienne*, qui la hait mortel-
lement, et à qui j'avais donné à dîner il n'y
a que deux jours. Tout le monde croit que
la comtesse *du Plessis* (2) va épouser *Clerembault.* •

M. *de la Rochefoucauld* vous fait cent
mille complimens : il y a quatre ou cinq
jours qu'il ne sort point ; il a la goutte en
miniature. J'ai mandé à madame *du Plessis* que vous m'aviez écrit des merveilles de
son fils. Adieu, ma belle, vous savez combien je vous aime.

(1) Gouvernante des enfans de *Monsieur.*

(2) *Marie-Louise le Loup de Bellenave*, veuve d'*A-
lexandre de Choiseul*, comte *du Plessis* ; et remariée depuis à *Réné Gillier de Puygarreau*, marquis *de Clerembault*, premier écuyer de *Madame*, duchesse d'*Orléans.*

LETTRE II.

Paris, 27 février 1673.

Madame *Bayard* et M. *de la Fayette* arrivent dans ce moment ; cela fait, ma belle, que je ne puis vous dire que deux mots de votre fils : il sort d'ici, et m'est venu dire adieu, et me prier de vous écrire ses raisons sur l'argent : elles sont si bonnes que je n'ai pas besoin de vous les expliquer fort au long ; car vous voyez, d'où vous êtes, la dépense d'une campagne qui ne finit point. Tout le monde est au désespoir et se ruine. Il est impossible que votre fils ne fasse pas un peu comme les autres ; et, de plus, la grande amitié que vous avez pour madame *de Grignan*, fait qu'il en faut témoigner à son frère. Je laisse au grand *d'Hacqueville* à vous en dire davantage. Adieu, ma très-chère.

LETTRE III.

Madame *de Northumberland* me vint voir hier ; j'avais été la chercher avec madame *de Coulanges* : elle me parut une femme qui a été fort belle, mais qui n'a plus un seul trait de visage qui se soutienne, ni où il soit resté le moindre air de jeunesse ; j'en fus surprise : elle est, avec cela, mal habillée ; point de grâce ; enfin, je n'en fus point du tout éblouie. Elle me parut fort bien entendre tout ce qu'on dit, ou pour mieux dire, ce que je dis, car j'étais seule. M. *de la Rochefoucauld* et madame *de Thianges*, qui avaient envie de la voir, ne vinrent que comme elle sortait. *Montaigu* m'avait mandé qu'elle viendrait me voir ; je lui ai fort parlé d'elle ; il ne fait aucune façon d'être embarqué à son service, et paraît très-rempli d'espérance. M. *de Chaulnes* partit hier, et le comte *Tot* aussi : ce dernier est très-affligé de quitter la France : je l'ai vu quasi tous les jours, pendant qu'il a été ici; nous avons traité votre chapitre plusieurs fois. La maréchale *de Grammont* s'est trouvée mal ; d'Hacqueville y a été, toujours courant, lui mener un médecin : il est, en vérité, un peu étendu dans ses soins. Adieu, mon amie : j'ai le sang si échauffé, et j'ai tant eu de tracas ces jours passés, que je n'en puis plus ; je voudrais bien vous voir pour me rafraîchir le sang.

LETTRE IV.

Paris, 19 mai 1673.

Je vais demain à Chantilly : c'est ce même voyage que javais commencé l'année passée jusque sur le Pont-Neuf, où la fièvre me prit ; je ne sais pas s'il arrivera quelque chose d'aussi bizarre qui m'empêche encore de l'exécuter : nous y allons, la même compagnie, et rien de plus.

Madame *du Plessis* était si charmée de
votre lettre, qu'elle me l'a envoyée; elle
est enfin partie pour sa Bretagne. J'ai donné
vos lettres à *Langlade*, qui m'en a paru
très-content; il honore toujours beaucoup
madame *de Grignan. Montaigu* s'en va:
on dit que ses espérances sont renversées;
je crois qu'il y a quelque chose de travers
dans l'esprit de la nymphe (1). Votre fils
est amoureux, comme un perdu, de mademoiselle *de Poussai;* il n'aspire qu'à être
aussi transi que *la Fare.* M. *de la Rochefoucauld* dit que l'ambition de *Sévigné* est
de mourir d'un amour qu'il n'a pas; car
nous ne le tenons pas du bois dont on fait
les fortes passions. Je suis dégoûtée de celle
de *la Fare* : elle est trop grande et trop es-
clave; sa maîtresse ne répond pas au plus
petit de ses sentimens : elle soupa chez *Lon-
gueil,* et assista à une musique le soir
même qu'il partit. Souper en compagnie

(1) Madame de *Northumberland.*

quand son amant part, et qu'il part pour
l'armée, me paraît un crime capital ; je
ne sais pas si je m'y connais. Adieu, ma
belle.

LETTRE V.

Paris, 26 mai 1673.

Si je n'avais la migraine, je vous rendrais
compte de mon voyage de Chantilly, et je
vous dirais que de tous les lieux que le soleil éclaire, il n'y en a point un pareil à ce-
lui-là. Nous n'y avons pas eu un trop beau
temps ; mais la beauté de la chasse dans les
carrosses vitrés a suppléé à ce qui nous manquait. Nous y avons été cinq ou six jours ;
nous vous y avons extrêmement souhaitée,
non-seulement par amitié, mais parce que
vous êtes plus digne que personne du monde
d'admirer ces beautés-là. J'ai trouvé ici, à
mon retour, deux de vos lettres. Je ne pus
faire achever celle-ci vendredi, et je ne puis
l'achever moi-même aujourd'hui, dont je

suis bien fâchée, car il me semble qu'il y a long-temps que je n'ai causé avec vous. Pour répondre à vos questions, je vous dirai que madame *de Brissac* (1) est toujours à l'hôtel de Conti, environnée de peu d'amans, et d'amans peu propres à faire du bruit; de sorte qu'elle n'a pas grand besoin du *manteau de sainte Ursule*. Le premier président de Bordeaux est amoureux d'elle comme un fou; il est vrai que ce n'est pas d'ailleurs une tête bien timbrée. *Monsieur* le premier, et ses enfans sont aussi fort assidus auprès d'elle; M. *de Montaigu* ne l'a, je crois, point vue de ce voyage-ci, de peur de déplaire à madame *de Northumberland,* qui part aujourd'hui; *Montaigu* l'a devancée de deux jours; tout cela ne laisse pas douter qu'il ne l'épouse. Madame *de Brissac* joue toujours la désolée, et affecte une très-grande négligence. La comtesse *du Plessis* a servi de dame d'honneur deux jours

(1) Gabrielle-Louise de Saint-Simon, duchesse de Brissac.

avant que *Monsieur* soit parti; sa belle-mère (1) n'y avait pas voulu consentir auparavant. Elle n'égratigne point M. *de Monaco;* je crois qu'elle se fait justice, et qu'elle trouve que la seconde place de chez *Madame* est assez bonne pour la femme de *Clerembault;* elle le sera assurément dans un mois , si elle ne l'est déjà.

Nous allons dîner à Livri, M. *de la Rochefoucauld , Morangis , Coulanges* et moi; c'est une chose qui me paraît bien étrange, d'aller dîner à Livri, et que ce ne soit pas avec vous. L'abbé *Testu* (2) est allé à Fontevrault; je suis trompée, s'il n'eût mieux fait de n'y pas aller, et si ce voyage-là ne déplaît à des gens à qui il est bon de ne pas déplaire.

(1) Colombe *Le Charron* , femme de César, duc *de Choiseul,* pair et maréchal de France, et première dame d'honneur de *Madame.*

(2) Il ne faut pas confondre l'abbé *Testu* , dont il est parlé dans ces Lettres, avec un autre abbé *Testu* qui avait été aumônier ordinaire de *Madame,* et qui était comme le premier de l'Académie française : celui dont il s'agit était un homme de beaucoup d'esprit et de très-bonne compagnie.

L'on dit que madame de *Montespan* est demeurée à Courtrai. Je reçois une petite lettre de vous; si vous n'avez pas reçu des miennes, c'est que j'ai bien eu des tracas; je vous conterai mes raisons quand vous serez ici. M. *le Duc* s'ennuie beaucoup à Utrecht; les femmes y sont horribles : voici un petit conte sur son sujet. Il se familiarisait avec une jeune femme de ce pays-là, pour se désennuyer apparemment, et, comme les familiarités étaient sans doute un peu grandes, elle lui dit : *Pour Dieu ! Monseigneur, Votre Altesse a la bonté d'être trop insolente.* C'est *Briole* qui m'a écrit cela; j'ai jugé que vous en seriez charmée comme moi. Adieu, ma belle : je suis toute à vous assurément.

LETTRE VI.

Paris, 30 juin 1673.

Hé bien ! hé bien! ma belle, qu'avez-vous à crier comme un aigle ? Je vous demande

que vous attendiez à juger de moi quand
vous serez ici ; qu'y a-t-il de si terrible à ces
paroles : *Mes journées sont remplies.* Il est
vrai que *Bayard* est ici, et qu'il fait mes affaires ; mais quand il a couru tout le jour
pour mon service, écrirai-je? Encore faut-il
lui parler. Quand j'ai couru, moi, et que
je reviens, je trouve M. *de la Rochefoucauld* que je n'ai point vu de tout le jour;
écrirai-je ? M. *de la Rochefoucauld* et
Gourville sont ici; écrirai-je? Mais quand
ils sont sortis ? Ah ! quand ils sont sortis! il est onze heures, et je sors , moi; je
couche chez nos voisins, à cause qu'on bâtit
devant mes fenêtres. Mais l'après - dînée?
J'ai mal à la tête. Mais le matin ? J'y ai mal
encore, et je prends des bouillons d'herbes
qui m'énivrent. Vous êtes en Provence ,
ma belle; vos heures sont libres, et votre
tête encore plus ; le goût d'écrire vous dure
encore pour tout le monde : il m'est passé
pour tout le monde; et si j'avais un amant
qui voulût de mes lettres tous les matins, je
romprais avec lui. Ne mesurez donc point

notre amitié sur l'écriture ; je vous aimerai autant en ne vous écrivant qu'une page en un mois, que vous, en m'en écrivant dix en huit jours. Quand je suis à Saint-Maur, je puis écrire, parce que j'ai plus de tête et plus de loisir ; mais je n'ai pas celui d'y être : je n'y ai passé que huit jours de cette année. Paris me tue. Si vous saviez comme je ferais ma cour à des gens à qui il est très-bon de la faire, d'écrire souvent toutes sortes de folies, et combien je leur en écris peu ; vous jugeriez aisément que ne fais pas ce que je veux là-dessus. Il y a aujourd'hui trois ans que je vis mourir *Madame* : je relus hier plusieurs de ses lettres ; je suis toute pleine d'elle. Adieu, ma très-chère : vos défiances seules composent votre unique défaut, et la seule chose qui peut me déplaire en vous. M. *de la Rochefoucauld* vous écrira.

LETTRE VII.

Paris, 14 *juillet* 1673.

Voici ce que j'ai fait depuis que je ne vous
ai écrit : j'ai eu deux accès de fièvre : il y a
six mois que je n'ai été purgée ; on me purge
une fois, on me purge deux ; le lendemain
de la deuxième, je me mets à table : ah ! ah !
j'ai mal au cœur, je ne veux point de potage :
mangez donc un peu de viande ; non, je
n'en veux point ; mais vous mangerez du
fruit ; je crois qu'oui : hé bien ! mangez-en
donc ; je ne saurais ; je mangerai tantôt :
que l'on m'ait ce soir un potage et un pou-
let. Voici le soir, voilà un potage et un pou-
let ; je n'en veux point, je suis dégoûtée ; je
m'en vais me coucher ; j'aime mieux dormir
que de manger. Je me couche, je me tourne,
je me retourne, je n'ai point de mal, mais
je n'ai point de sommeil aussi ; j'appelle, je
prends un livre, je le referme ; le jour vient,
je me lève, je vais à la fenêtre ; quatre heures

sonnent, cinq heures, six heures, je me re-
couche, je m'endors jusqu'à sept; je me lève
à huit, je me mets à table à douze inutilement,
comme la veille; je me remets dans mon
lit le soir inutilement, comme l'autre nuit.
Etes-vous malade? nenni. Etes-vous plus faible? nenni. Je suis dans cet état trois jours et
trois nuits : je redors présentement; mais je
ne mange encore que par machine comme
les chevaux, en me frottant la bouche de
vinaigre : du reste, je me porte bien, et je
n'ai pas même si mal à la tête. Je viens d'é-
crire des folies à *M. le Duc*. Si je puis, j'i-
rai dimanche à Livri pour un jour ou deux.
Je suis très-aise d'aimer madame *de Coulanges* à cause de vous. Résolvez-vous, ma
belle, de me voir soutenir toute ma vie, à
la pointe de mon éloquence, que je vous
aime plus encore que vous ne m'aimez : j'en
ferais convenir *Corbinelli* en un demi-quart
d'heure. Au reste, mandez-moi bien de ses
nouvelles : tant de bonnes volontés seront-
elles toujours inutiles à ce pauvre homme?
Pour moi, je crois que c'est son mérite qui

leur porte malheur. *Segrais* porte aussi gui-
gnon ; madame *de Thianges* est des amies
de *Corbinelli,* madame *Scarron,* mille personnes, et je ne lui vois plus aucune espérance de quoi que ce puisse être. On donne
des pensions aux beaux esprits ; c'est un
fonds abandonné à cela ; il en mérite mieux
que tous ceux qui en ont ; point de nouvelles, on ne peut rien obtenir pour lui. Je
dois voir demain madame *de Vill....;* c'est
une certaine ridicule à qui M. *d'Ambre* a
fait un enfant. Elle l'a plaidé, et a perdu son
procès. Elle conte toutes les circonstances
de son aventure, il n'y a rien au monde de
pareil. Elle prétend avoir été forcée : vous
jugez bien que cela conduit à de beaux détails. La *Marans* est une sainte ; il n'y a
point de raillerie ; cela me paraît un miracle. La *Bonnelot* est dévote aussi ; elle a
ôté son œil de verre ; elle ne met plus de
rouge ni de boucles. Madame *de Monaco*
ne fait pas de même ; elle me vint voir l'autre
jour, bien blanche : elle est favorite et en-
gouée de cette *Madame*-ci tout comme de

l'autre : cela est bizarre. *Langlade* s'en va demain en Poitou pour deux ou trois mois. M. *de Marsillac* est ici : il part lundi pour aller à Barége; il ne s'aide pas de son bras. Madame la comtesse *du Plessis* va se marier : elle a pensé acheter *Fréne*. M. *de la Rochefoucauld* se porte très-bien ; il vous fait mille et mille complimens et à *Corbinelli*. Voici une question entre deux maximes :

On pardonne les infidélités, mais on ne les oublie point.

On oublie les infidélités, mais on ne les pardonne point.

« Aimez-vous mieux avoir fait une infi-
» délité à votre amant, que vous aimez
» pourtant toujours, ou qu'il vous en ait fait
» une, et qu'il vous aime aussi toujours? »
On n'entend pas par infidélité, avoir quitté pour un autre, mais avoir fait une faute considérable. Adieu : je suis bien en train de jaser; voilà ce que c'est que de ne point manger et de ne point dormir. J'embrasse madame *de Grignan* et toutes ses perfections.

8.

LETTRE VIII.

Paris, 4 septembre 1673.

Je suis à Saint-Maur; j'ai quitté toutes
mes affaires et tous mes amis. J'ai mes enfans
et le beau temps, cela me suffit. Je prends
des eaux de Forges; je songe à ma santé : je
ne vois personne, je ne m'en soucie point
du tout. Tout le monde me paraît si attaché
à ses plaisirs, et à des plaisirs qui dépendent
entièrement des autres, que je me trouve
avoir un don des fées, d'être de l'humeur dont
je suis. Je ne sais si madame *de Coulanges*
ne vous aura point mandé une conversation
d'une après - dînée de chez *Gourville,* où
étaient madame *Scarron* et l'abbé *Testu,*
sur les personnes *qui ont le goût au-dessus
ou au-dessous de leur esprit;* nous nous je-
tâmes dans des subtilités où nous nous n'en-
tendions plus rien. Si l'air de la Provence,
qui subtilise encore toutes choses, vous augmente nos visions là-dessus, vous serez dans

les nues. *Vous avez le goût au-dessus de votre esprit, et M.* de la Rochefoucauld *aussi, et moi encore ; mais pas tant que vous deux.* Voilà des exemples qui vous guideront. M. *de Coulanges* m'a dit que votre voyage était encore retardé : pourvu que vous rameniez madame *de Grignan*, je n'en murmure pas : si vous ne la ramenez point, c'est une trop longue absence. **Mon** goût augmente à vue d'œil pour la supérieure du Calvaire; j'espère qu'elle me rendra bonne. Le cardinal *de Retz* est brouillé pour jamais avec moi, de m'avoir refusé la permission d'entrer chez elle ; je la vois quasi tous les jours; j'ai vu enfin son visage (1) : il est agréable, et l'on s'aperçoit bien qu'il a été beau. Elle n'a que quarante ans; mais l'austérité de la règle l'a fort changée. Madame *de Grignan* a fait des merveilles d'avoir écrit à la *Marans*. Je n'ai pas été si sage; car je fus, l'autre jour, chercher

(1) Les religieuses du Calvaire ont leur voile baissé au parloir, excepté pour leurs proches parens, ou dans des cas particuliers.

madame *de Schomberg* (1), et je ne la de-
mandai point. Adieu, ma belle; je souhaite
votre retour avec une impatience digne de
notre amitié.

J'ai reçu les cinq cents livres, il y a long-
temps. Il me semble que l'argent est si rare,
qu'on n'en devrait pas prendre de ses amis.
Faites mes excuses à M. l'abbé (*de Coulanges*), de ce que je l'ai reçu.

LETTRE IX.

Paris, 8 octobre 1689.

Mon style sera laconique, je n'ai point
de tête : j'ai eu la fièvre; j'ai chargé M. *du
Bois* de vous le mander.

Votre affaire est manquée et sans remède;
l'on y a fait des merveilles de toutes parts :
je doute que M. *de Chaulnes* en personne
l'eût pu faire. Le roi n'a témoigné nulle ré-

---

(1) Madame *de Schomberg* et madame *de Marans* étaient
logées dans la même maison.

pugnance pour M. *de Sévigné* ; mais il était engagé il y a long-temps : il l'a dit à tous ceux qui pensaient à la députation ; il faut laisser nos espérances jusqu'aux états pro-chains. Ce n'est pas de quoi il est question présentement : il est question, ma belle, qu'il ne faut point que vous passiez l'hiver en Bretagne, à quelque prix que ce soit. Vous êtes vieille ; les Rochers (1) sont pleins de bois ; les catarrhes et les fluxions vous accableront. Vous vous ennuierez, votre esprit deviendra triste et baissera : tout cela est sûr, et les choses du monde ne sont rien en comparaison de tout ce que je vous dis. Ne me parlez point d'argent ni de dettes ; je vous ferme la bouche sur tout. M. *de Sévigné* vous donne son équi-page. Vous venez à Malicorne : vous y trouvez les chevaux et la calèche de M. *de Chaulnes*. Vous voilà à Paris : vous allez descendre à l'hôtel de Chaulnes. Votre mai-

(1) Terre de madame *de Sévigné*, en Bretagne.

son n'est pas prête , vous n'avez point de chevaux , c'est en attendant à votre loisir , vous vous remettrez chez vous. Venons au fait : vous payez une pension à **M.** *de Sé-vigné ;* vous avez ici un ménage : mettez le tout ensemble , cela fait de l'argent, car vo-tre louage de maison va toujours. Vous direz : Mais je dois, et je paierai avec le temps. Comptez que vous trouvez ici mille écus, dont vous payez ce qui vous presse ; qu'on vous les prête sans intérêt, et que vous les rembourserez petit à petit, comme vous voudrez. Ne demandez point d'où ils viennent, ni de qui c'est : on ne vous le dira pas ; mais ce sont gens qui sont bien assurés qu'ils ne les perdront pas. Point de raisonnemens là-dessus, point de paroles, ni de lettres perdues ; il faut venir : tout ce que vous m'écrirez, je ne le lirai seulement pas ; et en un mot, ma belle, il faut venir , ou renoncer à mon amitié, à celle de ma-dame *de Chaulnes* et à celle de madame *de Lavardin.* Nous ne voulons point d'une

amie qui veut vieillir et mourir par sa faute ;
il y a de la misère et de la pauvreté à votre
conduite ; il faut venir dès qu'il fera beau.

LETTRE X.

Vous avez reçu ma réponse avant que
j'aie reçu votre lettre. Vous aurez vu, par
celle de madame *de Lavardin* et par la
mienne, que nous voulions vous faire aller
en Provence, puisque vous ne veniez point
à Paris ; c'est tout ce qu'il y a de meilleur à
faire : le soleil est plus beau, vous aurez
compagnie ; je dis même , séparée de madame *de Grignan,* qui n'est pas peu ; un
gros château , bien des gens ; enfin, c'est
vivre que d'être là. Je loue extrêmement
monsieur votre fils de consentir à vous
perdre pour votre intérêt ; si j'étais en train
d'écrire, je lui en ferais des complimens :
partez tout le plus tôt qu'il vous sera possible. Mandez-nous par quelles villes vous

8.

passerez, et à peu près le temps ; vous y trouverez de nos lettres. Je suis dans des vapeurs les plus tristes et les plus cruelles où l'on puisse être; il n'y a qu'à souffrir, quand c'est la volonté de Dieu.

C'est du meilleur de mon cœur que j'approuve votre voyage de Provence : je vous le dis sans flatterie, et nous l'avions pensé, madame *de Lavardin* et moi, sans savoir, en aucune façon, que ce fût votre dessein (1).

LETTRE XI.

Paris, 20 septembre 1691.

Ma santé est un peu meilleure qu'elle n'a été, c'est-à-dire que j'ai un peu moins de vapeurs ; je ne connais point d'autre mal ; ne vous inquiétez pas de ma santé, mes maux ne sont pas dangereux ; et, quand ils le deviendraient, ce ne serait que par une

(1) C'est ce que madame *de Sévigné* appelait *l'approbation de ses docteurs.*

grande langueur et par un grand desséche-
ment, ce qui n'est pas l'affaire d'un jour :
ainsi, ma belle, soyez en repos sur la vie
de votre pauvre amie; vous aurez le loisir
d'être préparée à tout ce qui arrivera, si
ce n'est à des accidens imprévus, à quoi
sont sujettes toutes les mortelles, et moi
plus qu'une autre, parce que je suis plus
mortelle qu'une autre; une personne en
santé me paraît un prodige. M. le chevalier *de Grignan* a soin de moi; j'en ai une
reconnaissance parfaite, et je l'aime de tout
mon cœur. Madame la duchesse *de Chaulnes* me vint voir hier : elle a mille bontés
pour moi; mon état lui fait pitié. Ma belle-
fille a eu une fausse couche huit jours après
être accouchée; il y a assez de femmes à qui
cela arrive; c'est avoir été bien près d'avoir
deux enfans; sa fille se porte bien; ils n'en
auront que trop. Notre pauvre ami *Croisilles* (1) est toujours à Saint-Gratien : il me
mande qu'il se porte fort bien à la campa-

_____

(1) Frère du maréchal *de Catinat.*

gne; il faudrait que vous vissiez comme il est fait, pour admirer qu'il se vante de se porter fort bien; nous en sommes véritablement en peine, le chevalier *de Grignan* et moi. L'abbé *Testu* est allé faire un voyage à la campagne; nous le soupçonnons, M. *de Chaulnes* et moi, d'être allé à la Trappe. La bonne femme, madame *Lavocat,* est bien malade; il y a aussi bien long-temps qu'elle est au monde. Je suis toute à vous, ma chère amie, et à toute votre aimable et bonne compagnie.

L'on vient de me dire que M. *de la Feuillade* (1) était mort cette nuit; si cela est véritable, voilà un bel exemple pour se tourmenter des biens de ce monde.

(1) François *d'Aubusson*, duc *de la Feuillade*, pair et maréchal de France, gouverneur du Dauphiné, et père du dernier maréchal de ce nom.

LETTRE XII.

Paris , 26 septembre 1691.

Venir à Paris pour l'amour de moi , ma
chère amie! la seule pensée m'en fait peur.
Dieu me garde de vous déranger ainsi! et ,
quoique je souhaite ardemment le plaisir de
vous voir, je l'achèterais trop cher, si c'était
à vos dépens. Je vous mandai, il y a huit
jours , la vérité de mon état ; j'étais parfaitement bien, et j'ai été, comme par miracle,
quinze jours sans vapeurs , c'est-à-dire ,
guérie de tous maux. Je ne suis plus si bien
depuis trois ou quatre jours, et c'est la seule
vue d'une lettre cachetée, que je n'ai point
ouverte , qui a ému mes vapeurs. Je ressemble, comme deux gouttes d'eau , à une
femme ensorcelée; mais, l'après-dînée, je
suis assez comme une autre personne. Je
vous écrivis, il y a un mois ou deux, que
c'était ma méchante heure, et c'est à présent la bonne. J'espère que mon mal, après

avoir tourné et changé, me quittera peut-
être ; mais je demeurerai toujours une très-
sotte femme, et vous ne sauriez croire
comme je suis étonnée de l'être ; je n'avais
point été nourrie dans l'opinion que je le
pusse devenir. Je reviens à votre voyage,
ma belle : comptez que c'est un château en
Espagne pour moi, que de m'imaginer le
plaisir de vous voir; mais mon plaisir serait
troublé, si votre voyage ne s'accordait pas
avec les affaires de madame *de Grignan* et
avec les vôtres. Il me paraît cependant, tout
intérêt à part, que vous feriez fort bien de
venir l'une et l'autre; mais je ne puis assez
vous dire à quel point je suis touchée de la
pensée de revenir uniquement à cause de
moi. Je vous écrirai plus au long au premier
jour.

LETTRE XIII.

Paris, mercredi 10 *octobre* 1691.

J'ai eu des vapeurs cruelles qui me durent encore, et qui me durent comme un point de fièvre qui m'afflige. En un mot, je suis folle, quoique je sois assurément une femme assez sage. Je veux remercier madame de *Grignan* pour me calmer l'esprit; elle a écrit des merveilles pour moi à monsieur le chevalier *de Grignan*.

A madame DE GRIGNAN.

Je vous en remercie, madame, et je vous prie d'ordonner à monsieur le chevalier *de Grignan* de m'aimer; je l'aime de tout mon cœur: c'est un homme que cet homme-là. Ramenez madame votre mère; vous avez mille affaires ici; prenez garde de voir vos affaires domestiques de trop près, et que les maisons ne vous empêchent de voir la ville.

Il y a plus d'une sorte d'intérêt en ce monde.
Venez, madame, venez ici pour l'amour des
personnes qui vous aiment, et songez qu'en
travaillant pour vous, c'est me donner en
même temps la joie de voir madame votre
mère.

A Madame DE SÉVIGNÉ.

Mon dieu, ma chère amie, que je serai
aise de vous voir ! vraiment je pleurerai bien ;
tout me fait fondre en larmes. J'ai reçu ce
matin des lettres de mon fils l'abbé, qui était
en Poitou, à deux lieues de madame *de la
Troche.* Un gentilhomme d'importance,
gendre de madame *de la Rochebardon,*
chez qui madame *de la Troche* est actuellement, vint dire adieu à mon fils, et c'est là
qu'il apprit la mort *de la Troche* (1), par la ga-
zette, s'il vous plaît ; car je n'en avais point
parlé à mon fils, qui me fait une peinture de
la désolation de ce gentilhomme d'avoir à don-

(1) Tué au combat de Leuze, le 20 septembre 1691.

ner chez lui une telle nouvelle; ce qui m'a rejetée dans les larmes : j'y retombe bien toute seule. M. *de Pomponne* croyait madame *de la Troche* riche ; je lui ai écrit , et il m'a mandé que la duchesse *du Lude* l'avait détrompé, et qu'ils avaient présenté un placet pour elle. *Croisilles* sort d'ici ; il m'est venu voir de Saint-Gratien ; je lui ai fait vos complimens ; il est fort bien. Ma petite fille est louche comme un chien : il n'importe, madame *de Grignan* l'a bien été; c'est tout dire. Me voilà à bout de mon écriture, et toute à vous plus que jamais , s'il est possible.

LETTRE XIV.

Paris , 24 janvier 1692.

Hélas ! ma belle, tout je que j'ai à vous dire de ma santé est bien mauvais ; en un mot, je n'ai repos ni nuit ni jour , ni dans le corps, ni dans l'esprit ; je ne suis une personne ni par l'un ni par l'autre ; je péris à

vue d'œil ; il faut finir quand il plaît à Dieu,
et j'y suis soumise. L'horrible froid qu'il
fait, m'empêche de voir madame *de Lavardin.* Croyez, ma très-chère, que vous êtes la
personne du monde que j'ai le plus vérita -
blement aimée.

EXTRAITS

DE LETTRES DIVERSES.

Madame de la Fayette *se moque des ridicules manières de parler de quelques
personnes de son temps. Elle fait parler
un amant jaloux à sa maîtresse.*

PREMIER EXTRAIT.

Ce sont de ces sortes de choses qu'on ne
pardonne pas en mille ans, que le trait que
vous me fîtes hier. Vous étiez belle comme un

petit ange. Vous savez que je suis alerte sur le
compte de *Dangeau* ; je vous l'avais dit de
bonne foi ; et cependant vous me quittâtes
franc et net pour le galoper ; cela s'appelle
rompre de couronne à couronne ; c'est n'a-
voir aucun ménagement et manquer à toutes
sortes d'égards. Vous sentez que cette manière de peindre m'a tiré de grands rideaux.
Vous avez oublié qu'il y a des choses dont je ne
tâte jamais, et que je suis une espèce d'homme
que l'on ne trouve pas aisément sur un certain pied. Sûrement ce n'est point mon caractère que d'être dupe et de donner dans
le panneau tête baissée. Je me le tiens pour
dit ; j'entends le français. A la vérité, je ne
ferai point de fracas ; j'en userai fort honnê-
tement ; je n'afficherai point ; je ne donnerai
rien au public ; je retirerai mes troupes,
mais comptez que vous n'avez point obligé
un ingrat.

SECOND EXTRAIT,

*Composé de phrases où il n'y a point de
sens, et que bien des gens de la cour
mettent dans leurs discours.*

Je vous assure, Monseigneur, qu'on est
bien chagrin de ne pouvoir faire son devoir,
et il est fort honnête de le pardonner. Je
vous écris cette missive pour vous donner
des nouvelles de M. *Domatel;* j'espère qu'il
sera bientôt hors d'affaire, et que sa maladie
ne sera pas longue. Je me suis trouvé depuis peu à un grand repas où l'on a mangé
une bonne soupe, et où vous avez été bien
célébré. Vous savez, Monseigneur, que vous
inspirez la joie. L'on fit mille plaisanteries;
vous me ferez bien la justice de croire que
l'on a eu le dernier déplaisir de ne vous y
avoir pas. J'ai bien envie d'avoir l'honneur
de vous voir pour vous entretenir sur mon
gazon. Mes fermiers sont cause que ne puis
m'aller rabattre chez *Fredole;* mais je vas

souvent en un lieu où l'on aime à se réjouir,
et où l'on met les plats en bataille. Il y a une
personne qui désire fort le tête-à-tête avec
vous. Vous connaîtrez dans son dialogue
qu'elle a du savoir-faire, et que l'on vous
trouve furieusement aimable; je vous dis
tout ceci parce que je suis engoué de vous,
car votre caractère me réjouit; et de bonne
foi, il est vrai que je me suis coulé de mon
pied en un lieu où j'ai vu de beaux esprits
qui ne peuvent se passer de vous à cause de
votre génie. Je m'étonne que vous ne veniez
pas dialoguer avec les demoiselles; c'est à
coup sûr que vous les réjouissez quand elles
vous voient; car, assurément, vous êtes du
bel air, et vous distinguez bien dans le beau
monde, où l'on vous rend justice. Il est vrai
que je m'en allai hier au bal dans un grand
embarras, dont j'eus bien de la peine de me
tirer; il est vrai que je n'y demeurai pas
long-temps; j'ouïs la bonne femme qui me
parla bien de vous, qui me dit que vous fai-
siez figure. Elle vous aime autant que les demoiselles; sûrement vous êtes aujourd'hui

la coqueluche de tout le monde ; il est vrai
que votre mérite n'est pas postiche. Les demoiselles en rendent sûrement de bons té-
moignages.

~~~~~~~~~~~~~~~~

PORTRAIT

DE

LA MARQUISE DE SÉVIGNÉ,

PAR MADAME

LA COMTESSE DE LA FAYETTE,

SOUS LE NOM D'UN INCONNU.

Tous ceux qui se mêlent de peindre des
belles, se tuent de les embellir pour leur
plaire, et n'oseraient leur dire un seul de
leurs défauts ; mais pour moi, madame, grâce
au privilége d'inconnu que j'ai auprès de
vous, je m'en vais vous peindre bien hardiment, et vous dire toutes vos vérités tout
à mon aise, sans craindre de m'attirer votre

colère. Je suis au désespoir de n'en avoir que d'agréables à vous conter; car ce me serait un grand déplaisir si, après vous avoir reproché mille défauts, je voyais cet inconnu aussi bien reçu de vous que mille gens qui n'ont fait toute leur vie que de vous louer. Je ne veux point vous accabler de louanges, et m'amuser à vous dire que votre taille est admirable, que votre teint a une beauté et une fleur qui assurent que vous n'avez que vingt ans, que votre bouche, vos dents et vos cheveux sont incomparables; je ne veux point vous dire toutes ces choses; votre miroir vous les dit assez; mais comme vous ne vous amusez pas à lui parler, il ne peut vous dire combien vous êtes aimable et charmante quand vous parlez; et c'est ce que je veux vous apprendre.

Sachez donc, madame, si par hasard vous ne le savez pas, que votre esprit pare et embellit si fort votre personne, qu'il n'y en a point au monde de si agréable. Lorsque vous êtes animée dans une conversation dont la contrainte est bannie, tout ce que vous dites a

un tel charme, et vous sied si bien que vos
paroles attirent les ris et les grâces autour
de vous ; et le brillant de votre esprit donne
un si grand éclat à votre teint et à vos yeux,
que, quoiqu'il semble que l'esprit ne dût
toucher que les oreilles, il est pourtant certain que le vôtre éblouit les yeux, et que,
lorsqu'on vous écoute, l'on ne voit plus
qu'il manque quelque chose à la régularité
de vos traits, et l'on vous croit la beauté
du monde la plus achevée. Vous pouvez juger, par ce que je viens de vous dire, que,
si je vous suis inconnu, vous ne m'êtes pas
inconnue, et qu'il faut que j'aie eu plus d'une
fois l'honneur de vous voir et de vous entretenir, pour avoir démêlé ce qui fait en vous
cet agrément dont tout le monde est surpris; mais je veux encore vous faire voir,
madame, que je ne connais pas moins les
qualités solides qui sont en vous, que je sais
les agréables dont on est touché. Votre
âme est grande, noble, propre à dispenser
des trésors, et incapable de s'abaisser au
soin d'en amasser. Vous êtes sensible à la

gloire et à l'ambition, et vous ne l'êtes pas moins au plaisir. Vous paraissez née pour eux, et il semble qu'ils soient faits pour vous. Votre présence augmente les divertissemens, et les divertissemens augmentent votre beauté lorsqu'ils vous environnent; enfin la joie est l'état véritable de votre âme, et le chagrin vous est plus contraire qu'à personne du monde. Vous êtes naturellement tendre et passionnée; mais à la honte de notre sexe, cette tendresse nous a été inutile, et vous l'avez renfermée dans le vôtre, en la donnant à madame *de la Fayette*. Ah! madame, s'il y avait quelqu'un au monde assez heureux pour que vous ne l'eussiez pas trouvé indigne de ce trésor dont elle jouit, et qu'il n'eût pas tout mis en usage pour le posséder, il mériterait toutes les disgrâces dont l'amour peut accabler ceux qui vivent sous son empire. Quel bonheur d'être le maître d'un cœur comme le vôtre, dont les sentimens fussent expliqués par cet esprit galant et agréable que les dieux vous ont donné! et votre cœur,

1.   9

madame, est sans doute un bien qui ne se
peut mériter ; jamais il n'y en eut un si gé-
néreux, si bien fait et si fidèle. Il y a des
gens qui vous soupçonnent de ne le montrer
pas toujours tel qu'il est ; mais, au contraire, vous êtes si accoutumée à n'y rien
sentir qu'il ne vous soit honorable de montrer, que même vous y laissez voir quelquefois ce que la prudence du siècle vous obli-
gerait de cacher. Vous êtes née la plus ci-
vile et la plus obligeante personne qui ait
jamais été, et, par un air libre et doux qui
est dans toutes vos actions, les plus simples
complimens de bienséance paraissent en
votre bouche des protestations d'amitié, et
tous ceux qui sortent d'auprès de vous s'en
vont persuadés de votre estime et de votre
bienveillance, sans qu'ils se puissent dire à
eux-mêmes quelle marque vous leur avez
donnée de l'une et de l'autre. Enfin, vous
avez reçu des grâces du ciel qui n'ont jamais
été données qu'à vous ; et le monde vous est
obligé de lui être venu montrer mille agréables qualités qui, jusqu'ici lui avaient été

inconnues. Je ne veux point m'embarquer à vous les dépeindre toutes; car je romprais le dessein que j'ai de ne vous pas accabler de louanges, et de plus, madame, pour vous en donner qui fussent

Dignes de vous et de paraître,
Il faudrait être votre amant,
Et je n'ai pas l'honneur de l'être (1).

(1) Derniers vers de la pompe funèbre de *Voiture*, par *Sarrasin*.

Fin des Lettres de madame de la Fayette.

LETTRES

DE

MADAME DE TENCIN,

A MONSIEUR DE RICHELIEU.

NOTICE

SUR

MADAME DE TENCIN.

CLAUDINE-ALEXANDRINE GUÉRIN DE TEN-
CIN naquit à Grenoble en 1681 , d'*Antoine
Guerin* , président à mortier au parlement de
cette ville et de Louise de *Bufevant.*

Ses parens la contraignirent à se faire religieuse dans le couvent de Montfleury près de
Grenoble. On sent combien l'état monastique
devait peu convenir à une femme douée d'un
penchant décidé pour l'amour et pour l'ambition.
Cette dernière passion aurait pu trouver , dans
les petites tracasseries du cloître , dans les préfé-
rences, dans les honneurs à briguer et à obtenir sur
des compagnes, un aliment qui, jusqu'à certain
point, nourrît ou trompât son activité ; mais il
n'en était pas de même de l'amour. Toutefois, si la

jeune religieuse ne voyait personne qui pût lui
faire éprouver ce sentiment, elle ne renonçait
point à l'inspirer; et ce fut là ce qui lui donna
les moyens de recouvrer sa liberté. Son di-
recteur, homme honnête et pieux, mais faible
et peu éclairé, se laissa insensiblement sub-
juguer par les charmes de son esprit et de sa
personne; en un mot, il en devint amoureux,
mais sans s'en douter, et croyant ne ressentir
pour elle que cet intérêt tendre et pur dont la
charité chrétienne et les liens de la paternité
spirituelle lui faisaient doublement un devoir. Sa pénitente avait trop de pénétration
pour se méprendre sur la nature de cet attachement, et elle conçut promptement quel
parti elle en pouvait tirer. Ne songeant, depuis
son entrée en religion, qu'à rompre un enga-
gement auquel sa volonté n'avait point souscrit,
elle obtint de son confesseur tous les renseigne-
mens, toutes les démarches qui pouvaient préparer l'exécution de son dessein; et lorsqu'elle vit
les choses convenablement disposées, elle pro-
testa contre les vœux qu'on l'avait forcée de
faire, et demanda à en être relevée. On lui per-
mit de sortir du couvent de Montfleury, après
cinq ans de profession, et d'entrer, comme cha-

noinesse au chapitre de Neuville, près de Lyon.
C'était un grand pas de fait vers la liberté, elle
ne s'y arrêta pas. Elle quitta Neuville, et vint
à Paris. *Fontenelle* prit intérêt à son sort, et
sollicita pour elle le rescrit du pape qui devait
la dégager de tout lien religieux, et la rendre
entièrement au monde. Le rescrit fut accordé;
mais, comme on apprit à la cour de Rome qu'il
avait été obtenu sur un exposé de faits peu exact,
il ne fut point fulminé. Ce défaut de formalité
n'en empêcha point l'effet, et madame *de Tencin* fut désormais aussi libre qu'elle avait souhaité de l'être.

Madame *de Tencin* avait un frère engagé dans
l'état ecclésiastique. Ce fut sur lui qu'elle réu-
nit toute son affection et surtout son ambition
qui était le plus vif de ses sentimens. Ce violent
attachement pour son frère a donné lieu à mille
interprétations scandaleuses. On doit convenir
que la réputation de l'abbé *de Tencin* qui était
complétement déshonoré, et celle de sa sœur
qui avait secoué le joug de tous ses devoirs, prê-
taient beaucoup à de semblables suppositions. Cependant on peut concevoir que ne pouvant di-
riger ses désirs de fortune et les moyens qu'elle
se sentait pour les satisfaire, vers aucun objet

9..

qui lui fût personnel, l'avancement de ce frère
a pu devenir son unique pensée, son unique
affaire, sans que pour cela elle eût besoin d'être
entraînée par les mouvemens de son cœur. Le
caractère du prince, qui gouvernait alors la
France, lui donnait lieu de croire qu'avec de la
jeunesse et des charmes, elle n'y travaillerait
pas sans succès. Mais ce prince n'aimait point
qu'une jolie femme lui parlât d'affaires : il l'avait
déjà dit d'une manière fort galante à madame
de *Sabran*, l'une de ses maîtresses. Il s'exprima
dans le même sens au sujet de madame *de Tencin*, mais en termes moins honnêtes, et que
nous ne rapporterons pas. L'abbé *Dubois*, qui
n'avait point là-dessus la même répugnance
que le régent, l'écouta plus favorablement, et
elle en obtint tout ce qu'elle pouvait désirer.
Son frère fut chargé de la conversion du fameux
Law, ce qui lui valut beaucoup d'actions et de
billets de banque. Ensuite il fut envoyé ambassadeur à Rome, où il contribua puissamment
à l'élection du pape *Innocent XIII*, et fit donner à l'abbé *Dubois* le chapeau de cardinal.
Enfin, il l'obtint pour lui-même, lorsqu'il
était archevêque d'Embrun, et de ce siége il
passa à celui de Lyon, qu'il occupa jusqu'à sa

mort. Cette fortune prodigieuse fut, en très-
grande partie, l'ouvrage de madame *de Tencin.*
Ne serait-ce point trop loin pousser l'indulgence
que de chercher dans la fin louable qu'elle se
proposait, une sorte d'excuse aux moyens peu
réguliers qu'elle employait pour y parvenir?

La carrière de l'intrigue n'est pour personne
exempte de dangers. Tandis que l'archevêque
d'Embrun présidait le concile qui se tint dans
cette ville en 1727, et où l'on déposa Jean
Soanen, évêque de Senez, l'un des plus célèbres appelans de la bulle *Unigenitus*, madame
de Tencin, animait et fortifiait, par ses discours, le parti des constitutionnaires. La cour,
dont ce prosélytisme ardent secondait les vues,
craignit pourtant qu'il n'allumât des haines trop
dangereuses entre les deux partis, et l'indis-
crète théologienne eut ordre de se retirer à Orléans pour laisser aux têtes qu'elle avait échauf-
fées, le temps de se refroidir un peu. Son exil ne
fut pas long : le crédit de son frère auprès du
cardinal *de Fleury* lui fit bientôt accorder la
permission de revenir à Paris.

Toutes ses faiblesses n'avaient pas eu pour
but l'élévation de son frère. Elle avait cédé à
un penchant désintéressé, en aimant le cheva-

lier *Destouches*. Le fruit de cet amour fut le célèbre *d'Alembert*. On prétend qu'il fut exposé sur les marches de l'église St.-Roch, et recueilli par une pauvre vitrière, qui lui donna tous les soins d'une mère tendre. On ajoute que madame *de Tencin*, lorsque les talens de ce fils commencèrent à jeter quelqu'éclat, voulut se faire connaître à lui, et que le jeune géomètre, peu sensible à cette marque tardive et équivoque d'amour maternel, répondit : *Je ne connais qu'une mère, c'est la vitrière.*

C'était peu que jusqu'ici madame *de Tencin* eût mené une vie agitée par les passions ; elle devait essuyer un des coups du sort les plus accablans et les moins prévus. Elle fut impliquée très-gravement dans une affaire criminelle. Un nommé *de La Fresnaye*, conseiller au grand conseil, se tua chez elle d'un coup de pistolet. Ce suicide, dont les causes ni les détails ne sont venus à notre connaissance, prit d'abord, aux yeux de la justice, le caractère d'un assassinat. Madame *de Tencin* fut soupçonnée d'y avoir contribué, par la seule raison sans doute que ce prétendu meurtre avait été commis dans son appartement. Elle fut mise au Châtelet, d'où on la transféra à la Bastille. Cependant la justice fut éclairée , revint de ses préventions ; et renvoya madame *de Tencin* pleinement justifiée de l'odieuse imputation qu'on lui avait faite.

Bientôt après commença , pour madame *de Tencin ,* une existence toute nouvelle , toute différente ; elle cessa d'être cette femme que l'empire pernicieux des mœurs et des opinions de son temps , l'ardeur de son esprit , de son âme et de ses sens, avaient précipitée dans mille écarts de conduite et de sentimens. Elle renonça tout à la fois à l'activité de l'intrigue , à la chaleur des disputes théologiques , aux plaisirs et aux tourmens de l'amour ; le loisir , doucement occupé, remplaça l'agitation des affaires ; à la dissipation succéda une vie réglée et sédentaire ; pour effacer la célébrité peu honorable que lui avaient donnée ses agrémens , ses succès et ses torts, elle aspira à la considération que procurent une sage conduite ; des talens bien employés , et l'amitié des hommes de mérite. Sa maison devint le rendez-vous de beaucoup de savans et de gens de lettres ; et , pour que l'on n'ait point envie de confondre une telle réunion avec ces bureaux d'esprit, ces coteries littéraires, où les plus médiocres auteurs vont faisant échange de complaisances et d'applaudissemens , pour se venger du public qui les dédaigne ou les ignore , nous dirons que *Fontenelle* et *Montesquieu* étaient les personnages les plus assidus de la société de madame *de Tencin*. A l'amitié de ces deux grands hommes elle joignit celle de *Benoit XIV*. Ce suffrage si respectable ne pouvait pas être seulement accordé au mérite , et il prouve combien madame *de Tencin* avait su réparer , par les qualités de son âge mûr , les inconséquences de sa jeunesse. Lorsque *Lambertini* n'était encore que cardinal , elle entretenait avec lui une correspondance assez suivie. Dès qu'il fut fait pape , il lui envoya son portrait.

Madame *de Tencin ,* qui avait si fort contribué à porter son frère au comble des grandeurs et de la fortune , ne jouit jamais que d'un revenu très-médiocre. « Elle n'était nullement » intéressée, dit *Duclos* ; elle regardait l'argent » comme un moyen de parvenir, et non comme » un but digne de la satisfaire. Elle ne voulait » de richesses que pour son frère. » L'économie , qui conserve les grandes fortunes , double les petites. Madame *de Tencin* épargna pour dépenser honorablement , et ses faibles moyens , bien ménagés , lui permirent de faire ce que trouve souvent impossible la prodigue opulence. Lorsque l'*Esprit des Lois* parut, elle en prit un nombre considérable d'exemplaires, dont elle fit des présens à ses amis. Elle fit une chose agréable à ceux-ci, et en même temps elle donna la première impulsion au succès d'un ouvrage qui devait être un des plus beaux titres de notre gloire littéraire. Tant de fois les ligues de société ont fait la fortune de livres médiocres ou mauvais ! Il faut applaudir à la femme éclairée et sensible, qui protégea un chef-d'œuvre en servant un ami.

Ce petit abrégé de la vie de madame *de Tencin* n'a pas dû répandre un grand intérêt sur sa personne. Quand une femme entraînée par des passions vives, par un cœur sensible, se rend coupable et malheureuse, on la plaint, sans avoir la force de la blâmer. On lui pardonne, *parce qu'elle a beaucoup aimé ;* mais violer tous ses devoirs, rompre tous ses liens pour satisfaire la passion de l'intrigue et la vile ambition du crédit et de la richesse, la seule qu'on pût avoir à la cour du régent ; s'abandonner sans cesse à l'empire des sens, sans céder à l'entraînement de l'amour ; voilà certainement la conduite la plus propre à écarter à la fois d'une femme, et l'estime et le charme.

Si nous avions à publier les romans de madame de *Tencin*, peut-être verrait-on s'effacer, en les lisant, les impressions défavorables que donne contre elle l'histoire de sa vie. Sensible aux charmes d'un style facile, et qui exprime des sentimens passionnés et naturels, le lecteur pourrait se dire : « Celle qui sut peindre le » cœur humain et les passions qui l'agitent, » avec vérité et avec goût, ne pouvait pas avoir » une âme dépravée, et l'esprit tout seul ne » parvient pas à procurer d'aussi douces émo- » tions. » Mais les Lettres que nous offrons au public ne peuvent, en aucune façon, produire un semblable effet. Elles sont de l'intrigante et point du tout de l'auteur du *Comte de Com- minges* (1). Madame *de Tencin* est encore dans la réalité, lorsqu'elle fait sa correspondance, et ne se laisse point aller au pouvoir de l'ima- gination, qui sait souvent donner des senti- mens, une chaleur et une faculté d'exprimer qu'on croirait, au premier aperçu, presqu'in- compatibles avec le caractère habituel.

(1) Madame *de Tencin* est encore auteur du *Siége de Calais*, des *Malheurs de l'amour*, et des *Anecdotes de la cour et du règne d'Edouard II*, roi d'Angleterre.

Les Lettres de madame *de Tencin* sont pu-
rement des lettres d'affaires; mais ces affaires,
c'étaient les intrigues de la cour, et c'est cela
qui donne quelque intérêt à sa correspondance.
Il y a aussi un certain charme d'observation à
voir l'importance, nous dirons presque la passion qu'elle apporte dans cette carrière de l'intrigue et de la faveur. Elle avait eu le maréchal *de Richelieu* pour amant ; et l'on s'aperçoit que ce n'était pas à des motifs de sentiment et d'inclination qu'il avait été redevable
de la conquête de madame *de Tencin ;* peut-
être même l'amour-propre d'être la maîtresse
d'un homme par qui c'était un honneur d'être
déshonorée, comme a dit *Voltaire,* avait - il
beaucoup moins influé sur elle que l'envie de
se procurer un puissant moyen d'intrigue. C'est
bien au moins ce que donnent à croire les Lettres qu'elle lui adresse. Que penser d'une
femme qui n'écrit à son amant que pour lui
parler de la disgrâce des ministres et du changement des premiers commis? Au reste, de
nos jours une femme intrigante n'aurait point,
comme madame *de Tencin,* renoncé à l'amour
et aux passions du cœur ; elle aurait su allier
l'amour-propre de la sensibilité au désir et à

la recherche de la faveur. Elle eût cherché les plus nobles motifs à sa conduite , et aurait bien su trouver les moyens de s'honorer à ses propres yeux et à ceux du public, de la chaleur qu'elle eût apportée dans l'intrigue. Il y a soixante ans que les caractères avaient plus de relief que maintenant, et ne se revêtaient point d'une couleur qui , de nos jours , parvient à les déguiser aux yeux qui n'observent que superficiellement.

LETTRES

DE

MADAME DE TENCIN,

A MONSIEUR DE RICHELIEU.

LETTRE PREMIÈRE.

Paris, 17 juin 1748.

Je vous ai annoncé ce matin, par une lettre que j'ai fait mettre à la poste, la réception des vôtres, par le courrier du maréchal. Mon frère vous rendra compte, et à lui, des avis qu'il a donnés. S'ils ne sont pas suivis, ce n'est pas sa faute : il n'a rien à se reprocher comme bon Français.

Vous avez raison de me dire, mon cher duc, que je raisonne et raisonnerai pantoufle, si je veux conclure de certain caractère par

ce que j'ai vu et lu. Il est vrai que rien n'y
ressemble. Ce que je vous ai mandé, par
exemple, sur le choix qu'on a fait pour n'être
pas trompé sur le choix de..... ne vous pa-
raîtrait-il pas incroyable, si vous ne connaissiez pas le terrein ?

Mon frère est fort déterminé à dire au
roi qu'il s'est trompé sur les lettres de la
poste; il en parlera auparavant à madame
de la Tournelle. Peut-être cet avis sera-t-il
favorable à *Jannelle :* il n'y a rien de bon
à faire que par lui. Il ne faudrait pas cependant cesser d'agir par la voie de *Poison-*
neux : il faudra que vous fassiez agir mon
frère sur ce plan; j'en ferai sûrement de
même; il suffit que ses lettres s'adressent
ici à quelqu'un de nom. Il n'est pas nécessaire que les lettres soient nommées; il suffit de supposer qu'elles sont connues de celui
à qui elles seront présentées.

Comme cette lettre ne partira pas par un
courrier du maréchal, je ne vous écris pas
aussi à mon aise que si c'était par cette voie.
je me méfie des courriers qui partent par

ordre des ministres. Il faut pourtant que je vous fasse une confidence, sur laquelle je vous prie de me garder le secret. Je ne veux pas faire de peine à madame *du Châtelet*, et je lui en ferais beaucoup, si ce que je vais vous dire était divulgué par quelqu'un qui pût le savoir d'elle. Voici ce que c'est : On a publié que *Voltaire* était exilé, ou du moins, que sur la crainte de l'être, il avait pris la fuite. Mais la vérité est qu'*Amelot* et *Maurepas* l'ont envoyé en Prusse, pour sonder les intentions du roi de Prusse à notre égard. Il doit venir rendre compte de sa commission, et n'écrira point, dans la crainte que ses lettres ne soient interceptées par le roi de Prusse, à qui il doit faire croire, comme aux autres, qu'il a quitté ce pays, très-mécontent des ministres. S'il réussit, ces messieurs seront bien attrapés. Si le roi de Prusse déclarait qu'il ne veut pas passer par leurs mains, et qu'il nommât madame *de la Tournelle* pour celle en qui il veut placer sa confiance ! Je vous donne tout ceci sous le secret : on m'a imposé la condition

de n'en parler à personne au monde; mais
je ne crois pas y manquer que de vous en
parler : c'est une restriction tacite que je
fais toujours avec moi-même, quand je m'y
engage, surtout quand ce sont des choses
qu'il peut être de quelqu'importance que
vous sachiez. Madame *du Châtelet* vous le
dirait sûrement si vous étiez ici, et ne l'écri-
rait pas, dans la crainte que ses lettres ne
soient vues. Elle croit que *Voltaire* serait
perdu, si le secret échappait par sa faute. Ne
faites, je vous prie, jamais mine d'en être
instruit, du moins par moi; car ce secret est
à peu près celui de la comédie. *Amelot* a
très-habilement écrit plusieurs lettres à *Voltaire*, contre-signées, le secrétaire de *Voltaire* l'a dit, et le bruit s'en est répandu jusque dans les cafés. Il est pourtant vrai que
la chose ne peut réussir que par une conduite contraire; que le roi de Prusse, bien
loin de prendre confiance en *Voltaire*, sera
au contraire très-irrité contre *Voltaire*, s'il
découvre qu'il l'a trompé; et que ce prétendu exilé est un espion, qui va sonder son

cœur et abuser de sa confiance. Il n'est pas
possible que vous puissiez écrire à *Voltaire*,
à moins qu'il ne vous ait écrit lui-même de
La Haye. Il serait trop dangereux de lui
écrire à Berlin. Le roi de Prusse, qui en use
apparemment chez lui comme on en use ici,
verrait votre lettre, à moins que vous n'ayez
quelque voie sûre, ce que je n'imagine pas.
Surtout laissez croire à *Voltaire* et à madame *du Châtelet* que vous avez appris la
chose par les petits cabinets, ou par quelqu'un qui écarte de moi les soupçons. Je fis
sentir, hier au soir, à madame *du Châtelet*, que c'était vous, qui le premier aviez
imaginé d'envoyer *Voltaire*; que vous aviez
gagné le maréchal *de Noailles*, qui s'y était
d'abord opposé, et que vous aviez préparé,
d'ailleurs, les choses de façon que les ministres ne trouvassent aucun obstacle quand
ils le proposeraient au roi. M. *Amelot* et
M. *de Maurepas* sont les seuls qui ont
parlé à *Voltaire*; je crois cependant qu'*Orry*
est dans la confidence. Je ne sais si *d'Argenson* y est aussi : pour mon frère, on ne

lui en a rien dit. Il est vrai que, lorsqu'il en
a parlé sur la publicité, on ne lui a pas
nié. *Maurepas* lui dit : Ce n'est pas pour
négocier, comme vous pouvez bien le
penser. Vous voyez, par là, le cas que ces
messieurs font de *Voltaire*. Je n'ai pas encore dit ce trait-là à madame *du Châtelet*;
mais je le lui dirai. Elle croit que le roi de
Prusse ne voudra pas négocier vis-à-vis le
petit *Amelot*. Mais comment faire pour en
instruire le roi? Voilà la difficulté; car *Voltaire* ne correspond qu'avec *Amelot*. Don-
nez-moi votre avis là-dessus.

Quelle joie, mon cher duc, c'eût été pour
moi, si je vous avais vu arriver avec les éten-
dards! Je crois que je n'aurais eu de ma
vie de plaisir plus sensible; c'est bien pour
le coup que vous auriez été lieutenant-gé-
néral! Vous le serez infailliblement à la fin
de la campagne, et vous avez raison de ne
pas consentir qu'on fasse quelques démarches sur cela. Mais voici un cas où l'on pourrait en faire; c'est s'il y avait quelque charge
vacante à la cour : le cas a failli arriver.

M. *de Rochechouart* a été très-mal ; je l'appris, et je ne savais comment m'y prendre pour avertir madame *de la Tournelle*. Mandez-moi, je vous prie, si je puis et dois faire quelque chose en pareille occasion.

Il ne faut pas vous tromper sur le maréchal *de Noailles*. On publie ici qu'il aurait pu battre les Anglais, et charger leur arrière-garde ; qu'il a perdu deux jours très-mal à propos. Les ministres autorisent ces bruits et y donnent occasion. *Maurepas* ne s'y oublie pas ; je sais qu'on a parlé de ce ton-là chez votre cousine *d'Aiguillon*, et que *Maurepas* a eu l'indiscrétion de tenir le même langage à ses amis.

Vous ne sauriez rendre un plus grand service à mon frère, que de lui donner vos avis ; il en profite tout du mieux qu'il peut ; mais, en vérité, le terrein est bien mobile ; on ne sait où appuyer le pied. Vous serez instruit par lui-même des choses qu'il a proposées. Il a encore relevé, dans le dernier conseil, une bévue grossière *d'Amelot*, que les autres ministres avaient laissé passer,

I.   10

quoiqu'elle pût avoir les suites les plus fâ-
cheuses. Que penserez-vous de ce que je vais
vous dire ? Le roi n'a pas répondu à deux
lettres que mon frère lui a écrites, quoique
la dernière, surtout, méritât du moins qu'il
lui fit une politesse.

Vous vous souviendrez que les deux derniers grimoires sont par ordre de date, et
que par conséquent le dernier reçu est le
quatrième, quoique le copiste ait mis un trois
au commencement. Il faut aussi, quand nous
voudrons parler véritablement de tel ou tel,
que nous ajoutions à leurs noms une épi-
thète, comme cette pauvre madame *du
Châtelet,* ainsi des autres. *Maurepas* et les
autres sont toujours plus contraires à mon
frère. Pour moi, je suis persuadée qu'ils le
desservent autant qu'ils peuvent dans leurs
travaux particuliers. Quel remède à cela ? Je
n'en vois aucun, que de continuer son devoir.

Si le maréchal souhaite de bonne foi d'aller en avant, mon frère le sert sur les deux
toits ; il opinera encore demain fortement

sur cela. Je doute que les autres ministres soient de son avis, à moins qu'ils ne croient que le maréchal fera de travers et se déshonorera ; car il faut que lui et ses enfans soient bien persuadés, une fois pour toutes, qu'ils feront tout leur possible pour décrier un homme qui est dans le conseil et qui parle au roi. M. *de Mirepoix* prend crédit, et il est occupé : le roi le regarde comme un homme simple, et ne pense pas que cette simplicité cache une ambition démesurée.

Le roi a beaucoup de penchant à la dévotion : quelqu'un qui le voit de près m'a dit qu'il était convaincu qu'il serait bientôt dévôt. En ce cas-là, gare madame *de la Tournelle !* elle serait bien sûrement jetée au feu.

Croyez-vous que mon frère doive continuer ses soins dans les occasions importantes, malgré le peu d'attention que le roi paraît y faire ? Comme vous connaissez son genre et son goût, et que vous connaissez aussi mon frère, c'est à vous à décider. Au reste, *Châban* fait des merveilles aussi

10.

bien que *Marville* : je leur ai donné les instructions que j'avais reçues de vous; ils s'y conforment exactement. Que dites-vous de ce que le secret des lettres est confié à *Dufort ?* Il en a fait confidence aux trois ministres; j'en juge de ce que les commis mêmes de *Maurepas* en sont instruits.

Marville dira au roi ce qu'il sait des lettres : c'est, je crois, tout ce qu'il y a de mieux pour le désabuser, et pour lui faire tourner ses vues sur *Jannelle.*

Je ne doute pas que les Anglais ne répandent de l'argent ici : c'est un point bien important, et sur lequel le maréchal *de Noailles* ne doit pas garder le silence. S'il parlait le même langage que *Poissonneux,* je crois qu'il ferait très-bien, et que vous devriez l'y engager. L'abbé a dit la même chose à madame *de la Tournelle :* reste à savoir si elle y a fait attention. Envoyez des lettres, comme je vous l'ai mandé. Elles sont toujours bonnes, puisqu'elles ne peuvent faire de mal.

Dès que la comédie sera jouée sans nom

d'auteur, et qu'elle sera sous la protection de quelqu'un dont le nom soit connu , cela suffit. Je vous envoie la réponse à la lettre que vous m'aviez adressée. Je me flatte que M. *de la Motte* est toujours mieux : mandez-moi exactement ce que vous en savez. *Astruc* veut qu'il aille à Plombières : faites-l'y aller, au nom de Dieu. A propos d'*Astruc ,* ne vous donnez pas la peine de lui écrire : vos complimens sont suffisamment faits par moi. Comptez sur des soins de sa part, tels que vous pourrez le désirer. Ma santé va bien présentement : je n'ai plus de fièvre; et, ce qui est bien plus essentiel, je ne sens plus de mal au foie. Je vous embrasse, mon cher duc. Je suis agitée par deux sentimens contraires : je voudrais qu'on se battît, et je le crains à la mort. Vous savez que je vous aime, mais vous ne le savez pas au point où cela est. Je vous ai envoyé les chansons par la poste. L'ombre de Louis XIV est, à ce qu'on dit, pleine de belles choses : elle ne paraît pas encore.

LETTRE II.

Versailles, 22 juin 1745.

Mon frère a dû vous écrire, mon cher
duc, que nos grands sujets de joie ont été
de peu de durée. On a cru avoir beaucoup
gagné de déterminer le roi à faire quelque
chose sur la poste; mais, comme à son ordinaire, il a fait tout de travers, et le
mal n'est pas moindre qu'il était. Les secrets de la poste sont entre les mains de
trois personnes, *Maurepas*, *Amelot* et
Orny. *Dufort* n'agit que d'après leur avis :
comme fermier, il a tout sujet de les ménager; de façon que le roi ne voit guère
que ce qu'ils veulent, et il ne peut jamais
être instruit de la vérité. Il faudrait qu'il eût
un homme à lui, qui n'eût aucune relation
avec ses ministres, qui auront toujours intérêt à ne faire voir que ce qui ne pourra
pas leur nuire.

Je ne sais jusqu'à quel point ce moyen

de pénétrer dans le secret des autres peut
être approuvé. Mis en usage par Louis XIV,
il a été bien perfectionné sous ce règne-ici ;
mais au moins, puisqu'on s'en sert, il faut
qu'il puisse devenir utile au roi, et non pas
seulement aux ministres pour le mieux
tromper. Il faudrait, je crois, écrire à madame *de la Tournelle*, pour qu'elle essayât
de tirer le roi de l'engourdissement où il est
sur les affaires publiques. Ce que mon frère
a pu lui dire là-dessus a été inutile : c'est,
comme il vous l'a mandé, parler aux rochers. Je ne conçois pas qu'un homme puisse
vouloir être nul, quand il peut être quelque chose. Un autre que vous ne pourrait
croire à quel point les choses sont portées.
Ce qui se passe dans son royaume paraît ne
pas le regarder : il n'est affecté de rien : dans
le conseil, il est d'une indifférence absolue ;
il souscrit à tout ce qui lui est présenté. En
vérité, il y a de quoi se désespérer d'avoir
affaire à un tel homme. On voit que, dans
une chose quelconque, son goût apathique

le porte du côté où il y a le moins d'embarras, dût-il être le plus mauvais.

Le maréchal *de Broglie* sollicite son retour en France : il veut faire une retraite précipitée qui ruinera toutes nos affaires, et il paraît que le duc *d'Argenson* le seconde, tout inepte qu'il soit, pour jouer un tour au maréchal *de Belle-Isle*, qu'il déteste. C'est à qui fera le plus de mal ; et le maître voit tout cela de sang-froid. Chacun vise à la première place, *Maurepas* surtout, tout médiocre qu'il soit ; mais ce sont ces gens-là qui se croient les plus capables.

On parle d'un accommodement entre l'empereur et la reine de Hongrie ; mais on doute qu'il puisse avoir lieu ; ce n'est pas quand on a perdu ses avantages, et qu'on s'est très-mal enfourné, qu'on peut tirer quelque parti pour ses alliés. Quand on aurait voulu faire exprès tout de travers, on n'aurait pas mieux réussi qu'on a fait. *D'Argenson* paraît jouir de tout ce qui arrive pour perdre *Belle-Isle*. On soupçonne fort

que notre ami *Maurepas* est vendu au ministère anglais, parce qu'il est le premier à
temoigner son opposition pour faire quelque chose par mer. Il a cependant reçu
des sommes assez considérables pour la marine, qui n'est pas dans l'état où elle devrait être : on se contente de le dire, et voilà
tout.

Le roi est toujours fort assidu auprès de
madame *de la Tournelle*, qui cependant
n'obtient aucune grâce marquée. On dit
qu'elle est fière et ne veut rien demander.
C'est une femme qui annonce de l'énergie,
et je crois que, pour son bien et le nôtre, il
serait très-essentiel qu'elle pût se lier avec
mon frère. Elle ne prend aucun parti. Je suis
bien fâchée que vous ne puissiez pas être
toujours ici pour la déterminer à quelque
chose.

Les nouvelles de la Bavière sont en pis,
comme vous le savez : on ne fait partout
que des sottises ; mais je crois qu'à la fin on
fera tant, qu'il y aura un bouleversement
dans toutes les affaires. On prétend que

10..

le roi évite même d'être instruit de ce qui se passe, et qu'il dit qu'il vaut encore mieux ne savoir rien que d'apprendre des choses désagréables. C'est un beau sang-froid! Je n'en aurai jamais tant, quoique cela me regarde bien moins que lui. Adieu, mon cher duc; faites envoyer la lettre en question, comme je vous en ai prié.

LETTRE III.

Paris, 24 juillet.

Mon frère a envoyé au roi le mémoire ci-joint, et vous verrez, mon cher duc, combien il désire qu'on fasse la paix, puisqu'on réussit si mal à faire la guerre. Je pense bien, comme vous, qu'on peut encore humilier la maison d'Autriche; mais vous conviendrez avec moi que le premier coup est manqué. On pouvait faire une superbe campagne, et vous en avez vu le résultat. Le projet du maréchal *de Belle-Isle* était très-bien conçu : on aurait été à

Vienne, au lieu de fuir de la Bohême, et le roi de Prusse n'aurait pas eu de raison pour faire sa paix particulière. Dans le fait, ce prince a tenu sa parole en entrant dans la Silésie, comme il l'avait promis. Vous vous rappelez qu'alors nous dîmes vingt fois que la reine de Hongrie était perdue, et elle devait l'être ; mais il fallait un prince de la trempe de *Frédéric*.

Quand il vous adressa son envoyé, pour proposer au roi d'attaquer en même temps la reine de Hongrie, quand il entrerait en Silésie, malgré mon désir de voir tout en beau, je n'eus pas une très-grande opinion de ce qui devait arriver, à cause de la nonchalance du maître. Vous devez vous ressouvenir que, quand vous vous fîtes annoncer à Choisy, dans un moment où il était en tête à tête avec madame *de la Tournelle*, pour lui faire part des propositions du roi de Prusse, il ne montra aucun empressement pour recevoir l'envoyé qui voulait lui parler, sans conférer avec les ministres. Ce fut vous qui le pressâtes de vous

donner une heure pour le lendemain ; vous
fûtes étonné vous-même, mon cher duc,
du peu de mots qu'il articula à cet envoyé,
et de ce qu'il était comme un écolier qui a
besoin de son précepteur. Il n'eut pas la
force de se décider ; il fallut qu'il recourût
à ses mentors, qui, par leur lenteur et par
la manière dont ils disposèrent les choses,
firent manquer l'opération. Le roi de Prusse
jugeait Louis XV d'après lui ; il crut qu'a-
près avoir examiné les avantages qui de-
vaient résulter de cette guerre, il se déter-
minerait de lui-même, et, gardant le secret
sur les préparatifs qu'il aurait fait faire, il
n'en aurait déclaré l'objet qu'au moment
d'éclater ; mais il avait mal vu, et ne tarda
point d'abandonner un allié dont il recon-
naissait la nullité, quand il eut retiré tous
les avantages qu'il attendait de la campagne.

Comment, mon cher duc, en ayant été
témoin de toutes ces choses, pouvez-vous
encore espérer qu'on tire grand parti de la
guerre ? Le meilleur parti qu'on puisse pren-

dre , selon moi, c'est qu'on fasse la paix , et je suis bien du sentiment de mon frère là-dessus. Ce ne sera certainement pas celui d'*Argenson* , qui voulant être de plus en plus en crédit, désirera la guerre, pour influer davantage dans le ministère, et pour ses amis. S'il l'emportait, il faudrait alors que madame *de la Tournelle* prît la résolution de parler au roi, pour qu'il prît d'autres mesures pour la campagne prochaine. Mon frère ne serait pas très-éloigné de croire qu'il serait très-utile de l'engager à se mettre à la tête de ses armées. Ce n'est pas qu'entre nous il soit en état de commander une compagnie de grenadiers; mais sa présence fera beaucoup; le peuple aime son roi par habitude , et il sera enchanté de lui voir faire une démarche qui lui aura été soufflée. Ses troupes feront mieux leur devoir, et les généraux n'oseront pas manquer si ouvertement au leur. Dans le fait , cette idée me paraît belle , et c'est le seul moyen de continuer la guerre avec moins de désavantage. Un roi, quel qu'il soit, est pour les soldats et le peuple ce qu'était l'arche d'alliance pour les Hébreux, sa présence seule annonce des succès.

On est toujours très-mécontent du duc *de Grammont*; on prétend qu'il assure avoir eu des ordres de son oncle pour attaquer; il paraît cependant, qu'excepté dans quelques têtes, le maréchal prend bien dans le public.

On doit traiter les affaires de la Suède, et si on lui donnera cinq cent mille livres sur un million qu'elle demande, reste de six qu'on lui a promis pour trois ans. Je crains que votre silence ne soit causé par vos occupations militaires qui annonceraient une seconde affaire; j'en suis d'une inquiétude affreuse. Je sais que vous ne craignez pas plus de vous battre que d'attaquer une jolie femme, et je crains toujours d'apprendre une fâcheuse nouvelle; vous seriez bien mieux ici. Si vos coups de fusil menaient à quelque chose, je patienterais par nécessité; mais s'exposer à se faire tuer pour rien, c'est une fort vilaine plaisanterie, à laquelle je

ne m'accoutumerai jamais. Rassurez-moi
vite, et ne doutez pas de ma tendre amitié.

LETTRE IV.

Premier août.

Il est décidé, mon cher duc, qu'il n'y a
rien de bon à faire ici. Mon frère est si dé-
goûté de tout ce qui se passe, que je vous
ai déjà marqué que sans moi il partirait pour
Lyon ; il n'est plus d'humeur à rompre des
lances pour les intérêts de l'état, quand il
voit tous les jours qu'ils ne touchent personne, pas même le souverain. Il a dû vous
dire que *d'Argenson* avait écrit une lettre
ridicule au maréchal ; que le roi l'avait sûrement vue, et qu'il n'y avait seulement
pas pris garde. Il voit que ses ministres agissent continuellement contre lui , et il a l'air
d'abandonner à leurs tracasseries un bon
serviteur qu'il aime ; concluez de là ce qu'on
peut attendre de son amitié. Je crois que
tant que le gouvernement sera tel qu'il est,

c'est vouloir se battre la tête contre un mur
que d'entreprendre de faire quelque chose;
tous ceux qui travailleront avec le roi seront
toujours les maîtres dans leur tripot. Mon
frère est révolté, et je le suis aussi, de ce qu'il
n'a témoigné aucun ressentiment contre le
maréchal *de Broglie* qui, de l'aveu de tout
le monde, a si mal fait son devoir. Le maréchal *de Belle-Isle* a raison de dire qu'il
est impossible de rien faire de bon, à moins
de faire maison neuve. Il n'y a aucun ministre qui ne soit de cent pieds au-dessous
de sa place. Ayez grand soin de brûler exactement mes lettres, ou au moins de n'en
égarer aucune; car je sens que j'ai besoin de
soulager mon cœur, en vous disant tout ce
que je pense. Encore une fois, je sens malgré moi un fonds de mépris pour celui qui
laisse tout aller selon la volonté de chacun.
Il n'y a point d'exemple qu'un prince ne
soit ému que très-faiblement, et encore
pour un instant, soit du bien, soit du mal :
il a besoin d'être gouverné. Le poids des
rênes de l'état est trop pesant pour lui ; et,

puisqu'il est , et sera toujours de nécessité
qu'il les confie à quelqu'un , j'aurais mieux
aimé que ce fût à mon frère. Cela eût été
également plus utile pour vous : nous ne
tenons à rien , et vous auriez eu sur nous
toute l'influence que l'amitié peut donner.

On m'assure que c'est cet empire que
veut prendre par degrés madame *de la
Tournelle*. Je la crois plus faite qu'une
autre pour réussir , mais il faudrait qu'elle
ne quittât pas son trop faible amant, qui
prendra d'un ministre des idées qu'il croira
bonnes , et dont il ne voudra pas se départ-
tir. Nous pourrions, je crois , lui être d'un
grand secours. Si elle a ce projet, je crois
bien qu'elle ne vous l'écrira pas; mais si vous
étiez ici, vous pourriez découvrir s'il en est
quelque chose. Elle est assez impérieuse
pour vouloir dominer , et je ne serais pas
éloignée de croire qu'en succédant à ses
sœurs , elle ait eu l'ambition de prétendre à
une plus grande autorité : au surplus, il
vaut mieux que ce soit elle qu'une autre, et
elle ne peut faire pis que ce que nous voyons;

elle doit s'attendre à livrer un combat à
mort avec les ministres, et je désire de
bon cœur qu'elle puisse les terrasser : il
faut, pour cela, de la tenue dans ses idées,
et elle paraît en avoir. Les gens de bonne
foi, et qui voient juste, ne peuvent qu'être
très contens d'elle.

Il faut d'abord, je crois, qu'elle tâche
d'obtenir la confiance entière du roi, pour
qu'il ne se prévienne pas en faveur d'un ministre qui lui évitera la peine du travail. Il
n'aime pas à s'appesantir sur les affaires; et
tout homme qui lui fera un tableau fidèle
mais énergique de la situation présente, sera
bientôt éconduit. On voit qu'il va au conseil pour la forme, comme il fait tout le
reste, et qu'il en sort comme soulagé d'un
fardeau qu'il est las de porter. Une femme
adroite sait mêler le plaisir avec les intérêts
généraux, et parvient, sans ennuyer son
amant, à lui faire faire ce qu'elle veut. Mon
frère pourrait la voir à ce sujet, et j'ai assez
d'amour-propre pour croire que je pourrais
être un des ressorts principaux de la grande

machine qu'elle a dessein de mettre en mouvement! Qui mieux que vous, cher duc,
peut la décider sur cela ?

Je dois vous prévenir, en amie, qu'on
cherche à vous mettre mal avec elle. On sent
qu'avec de l'esprit, des connaissances et
l'amitié de la favorite, vous pouvez faire
beaucoup; et c'est ce qu'on ne veut pas. On
juge bien que vous serez trop fort, étant
uni avec madame *de la Tournelle*, et l'on
cherche à vous en séparer pour vous com-
battre avec plus d'avantage. Je saurai d'où
le coup peut venir, et nous pourrons aisément le parer. Je ne serais pas surprise que
Maurepas trempât là - dedans; c'est un
homme faux, jaloux de tout, qui, n'ayant
que de très-petits moyens pour être en
place, veut miner tout ce qui est autour de
lui pour n'avoir pas de rivaux à craindre. Il
voudrait que ses collègues fussent encore
plus ineptes que lui pour paraître quelque
chose. C'est un poltron, qui croit toujours
qu'il va tout tuer, et qui s'enfuit en voyant
l'ombre d'un homme qui veut résister; il ne

fait peur qu'à de petits enfans. De même *Maurepas* ne sera un grand homme qu'avec des nains, et croit qu'un bon mot ou qu'une épigramme ridicule vaut mieux qu'un plan de guerre ou de pacification. Dieu veuille qu'il ne reste plus long-temps en place, pour nos intérêts et ceux de la France! Je vous manderai plus au long ce que j'apprendrai. Adieu, mon cher duc; malgré toutes nos peines, nous ne parviendrons jamais à faire voir les choses au roi avec des yeux éclairés; il est entouré de gens qui abusent continuellement de son autorité, et on dirait qu'il a juré de ne pas s'en apercevoir.

LETTRE V.

Paris, 13 août 1743.

Je vous écris par un courrier du maréchal. Il m'était bien nécessaire de pouvoir vous parler en liberté, mon cher duc, j'ai amassé bien des choses différentes qu'il faut

que vous sachiez. Je les écrirai comme elles
se présenteront à mon esprit ; je commence :
l'abbé *de Broglie* a écrit à *d'Argenson* que
la pénitence de son frère était assez longue,
qu'il fallait lui permettre de venir à la cour,
et que, si on ne le lui permettait pas, il y
viendrait tout de même. *D'Argenson*,
étonné de ce style, alla chez M. *de Châ-
tillon* pour l'engager à faire prendre patience au maréchal *de Broglie*. On lui a
promis qu'il reviendrait en septembre ; il
me semble qu'il faut en conclure que le maréchal a des lettres des ministres qui lui disent de ramener son armée, ou qu'il en a
de son frère autorisé par les ministres. L'inquiétude, le trouble même que *d'Argenson* montra à la réception de la lettre de
l'abbé, me fait croire qu'il a eu part aussi
bien que tous les autres ministres à la pitoyable conduite du maréchal : si le roi était
servi fidèlement par ceux qui sont commis à
la poste, il serait instruit de tout ce qui s'est
fait sur cela et sur bien d'autres choses. Les
plaintes contre *d'Argenson* sont générales.

Le comte *de Saxe* est un des plus forts plaignans. On dit tout haut qu'il ne sait pas un mot de sa besogne, qu'il est sec, glorieux et inabordable. Je vous écrivis hier par le courrier, sur *Amelot*. Je crois qu'il faut attendre votre retour pour frapper de grands coups. Je crains avec raison qu'on ne travaille pour un autre que celui que vous voudriez. L'union ne peut être trop grande entre mon frère et le maréchal *de Noailles.* Il n'y a que cette union qui puisse les mettre à couvert de la mauvaise volonté des ministres. C'est à vous, mon cher duc, à la maintenir et à l'augmenter. M. *d'Aumont* a écrit ici qu'il était dans la plus parfaite union avec M. *d'Agen*. J'ai cru devoir vous en informer ; mais vous sentez bien qu'il ne faut rien dire qui puisse faire des tracasseries, et que, si vous montriez que vous êtes instruit, on remonterait bien vîte à la source. Les ministres décrient le maréchal *de Noailles* autant qu'ils le peuvent. Il doit être assuré qu'ils n'oublieront rien pour le culbuter.

Ce que je vous avais mandé sur le besoin
que madame *de la Tournelle* avait d'argent, n'a eu aucune suite. Sur la réponse
qu'on lui fit de ma part, qu'il y avait plusieurs moyens, et tous faciles de lui en faire
avoir, mais qu'il fallait que le roi dît un
mot, elle répondit qu'il fallait attendre, que
le moment n'y était pas propre, et que peut-
être la chose se ferait tout naturellement de
la part du roi. Je n'ai pas été fâchée de ce
retardement, parce que j'aime mieux, si la
négociation a lieu, qu'elle passe par vous.

Rien dans ce monde ne ressemble au roi;
il a peur que mon frère ne lui fasse faire ce
qu'il voudrait, s'il venait à parler; du moins,
je ne puis attribuer qu'à cette crainte la conduite singulière qu'il a avec lui. Les lettres
vont toujours entre eux; il répond assez ré-
gulièrement, et même plus qu'il ne faisait;
et tout cela n'aboutit à rien, ou du moins
à pas grand' chose.

Les ministres sont très-contens; aucun
ne s'embarrasse de la chose publique; le
maréchal et mon frère sont les seuls qui s'y

intéressent; il faut bien se servir de votre
d'Argenson, quoique vous le connaissiez
pour mauvais, quand vous êtes parti. Il
n'est pas devenu meilleur ; mais il faut
prendre patience et dissimuler. L'éclat serait encore pis, et votre position plus désagréable. Il n'est pas douteux que le roi ne
s'accommode et ne se soit accommodé de
ce qu'il trouve de bon et à sa bienséance
dans les lettres de mon frère : vous en trouverez la preuve, si vous vous souvenez de
ce que vous y avez vu, et qui appartenait
au duc *d'Agen*. Les droits de l'amirauté dé-
truits ont fait un très-bon effet dans le public. M. *de Maurepas* a dit à un de ses con-
fidens que c'était le roi qui lui avait dit le
premier qu'il voulait les supprimer en tota-
lité; mais que lui, *Maurepas* avait réglé
la chose comme elle paraît. On lui a représenté qu'il avait eu grand tort de ne pas consentir à l'abolition entière de ces droits ; il
a répondu que c'était pour le bien, et il a
appuyé son sentiment, ou plutôt son dire,
par un sophisme. On voit bien qu'il a voulu

faire sa cour à madame *de Toulouse*; aussi lui a-t-elle écrit qu'elle n'oublierait jamais ce qu'il avait fait pour son fils, et qu'un ami tel que lui ne pouvait être conservé avec trop de soin. On parle toujours de *Chavigny*; je ne crois pas cependant qu'on le mette à la place *d'Amelot*; mais je crois qu'on le fera travailler. Il sera aisé de s'en apercevoir; rien n'est si obscur que ce qu'il écrit. Vous savez qu'il s'est tenu des conseils à Choisy.

Les lettres ont fait sûrement impression sur madame *de la Tournelle*; j'en juge, parce qu'une des choses qu'on lui conseillait a eu lieu. Votre défunte poule est très-bien à la cour de *Maurepas*; elle y soupe souvent, et a de grandes conversations avec lui. Les lettres l'ont appris à madame *de la Tournelle*. Vous ne m'avez jamais parlé de *Silhouette*; ne le voyez-vous pas? J'ai envie de lui écrire; et pour ne rien faire de mal à propos, je vous enverrai une lettre ouverte; vous la cacheterez avec une tête. M. *de Turgi* veut avoir la croix de Saint-Louis.

L. 11

Comme je crois qu'il est de votre intérêt de le garder auprès de monsieur votre fils, mon frère sollicitera vivement cette croix; il en parle, non-seulement à *d'Argenson*, mais au chef des bureaux; je souhaite vivement la réussite. *Jannelle* fait assurément du mieux qu'il peut, et *Marville* fait très-bien; il parle convenablement quand l'occasion s'en présente, quoique ce ne soit pas aussi fortement qu'il faudrait.

ce 14 août 1743.

Amelot a encore couché à Choisy. Il paraît que c'est une distinction que le roi a voulu lui donner; car il avait travaillé la veille et il ne travailla pas le lendemain. Je vous envoie la lettre pour *Silhouette*; elle ne contient rien, comme vous le verrez, que des généralités. Madame d'*Armagnac* m'a dit qu'il y aurait de l'imprudence à dire les mauvais offices que les ministres rendent au maréchal. Adieu, mon cher duc, je vous embrasse et vous aime de tout mon cœur.

LETTRE VI.

Paris, 30 septembre 1743.

Je suis charmée que vous soyez d'avis, mon cher duc, que le roi ouvrira les yeux, mais que ce sera trop tard. Vous êtes bien bon de croire encore cela ; je suis plutôt d'avis qu'il ne les ouvrira pas, ou, s'il les ouvre jamais, qu'il n'en sera ni plus ni moins. Il faudrait une détermination : il n'en aura dans aucun temps. Mon frère assure qu'il met les choses les plus importantes, pour ainsi dire, à croix ou à pile dans son conseil, et vous pouvez voir où cela mène. Je suis étonnée qu'avec votre sagacité, vous puissiez conserver l'ombre de l'espérance ; mais vous êtes comme ces femmes qui parlent toujours de ce qu'elles désirent, tout impossible que cela soit. Souvenez-vous bien, mon cher duc, que le roi sera toujours mené, et plus souvent mal que bien. On croirait qu'il a été élevé à croire que,

11.

quand il a nommé un ministre, toute sa besogne de roi est faite, et qu'il ne doit plus
se mêler de rien. C'est à celui qu'on lui a
désigné à tout faire : cela ne doit plus le regarder ; c'est l'affaire de celui qui est en
place. Voilà pourquoi les *Maurepas*, les
d'*Argenson* sont plus maîtres que lui. Si
on lui fait entendre qu'il a choisi un homme
incapable, ou un fripon ; n'importe, il est
là, et il doit y rester, jusqu'à ce qu'un plus
adroit le supplante. Son autorité est divisée
méthodiquement, et il croit sur parole chaque ministre, sans se donner la peine d'exa-
miner ce qu'il fait. Je ne puis mieux le com-
parer, dans son conseil, qu'à monsieur votre
fils qui se dépêche de faire son thême dans
sa classe, pour en être plus tôt quitte : aussi
peut-on dire que c'est un conseil pour rire.
On n'y dit presque rien de ce qui intéresse
l'état ; et, après une lecture rapide de l'affaire qu'on veut traiter, on demande à ceux
qui sont là leur avis sur-le-champ, quand
il faudrait quelquefois une mûre délibéra-
tion pour prononcer. Ceux qui voudraient

s'occuper sérieusement du bien général, sont obligés d'y renoncer, ou sont dégoûtés d'agir par le peu d'intérêt que le roi a l'air d'y prendre, et par le silence qu'il garde. Je vous l'ai déjà mandé; on dirait qu'il n'est pas du tout question de ses affaires. Il est bien malheureux qu'il ait été accoutumé de bonne heure à envisager celles de son royaume, comme lui étant personnellement étrangères; ainsi, quoique vous en pensiez quelquefois et moi aussi, il sera toujours le même. •

Vous savez ce qu'on a fait pour *Marceau*; c'est encore une nouvelle preuve de ce que je viens d'avancer. Comment a-t-on osé faire un pareil choix, et comment le maître a-t-il pu y souscrire? Cela dit plus que toutes mes phrases.

J'ai vu madame *de Rohan*, qui m'a parlé cette fois-ci bien plus clairement sur votre compte. Elle vous distribue tous les torts; et vous savez qu'un juge qui n'entend qu'un avocat, a bien de la peine à ne pas laisser se prévenir par lui. Je ne sais si au juste vous en en voulez finir avec elle ; mais elle me paraît très-déterminée à rompre avec vous. Je sais, mon cher duc, que vous savez vous conduire parfaitement ; mais je croirais qu'il faut ménager une femme qui peut nuire, et qu'un ennemi de plus est bon à éviter. Vous faites si peu de frais pour plaire, qu'il ne vous coûtera pas beaucoup de soins pour lui ôter toute idée de vengeance si naturelle aux femmes.

Madame *de Boufflers* a beaucoup parlé de vous à mon frère, à ce qu'il m'écrit : il la trouve très-aimable, et c'est une raison pour que les lettres qu'elle doit vous écrire, vous paraissent plus intéressantes. Il ne sait si elle aurait quelque doute sur le maréchal *de Noailles ;* car elle lui a demandé si ses lettres vous parvenaient bien exactement. Soupçonnerait-elle de la mauvaise foi dans le maréchal. J'ai peine à le croire : on fait bien de regarder avec attention l'endroit où l'on met le pied : on n'est ici entouré que d'écueils : il est bien difficile de ne pas tomber dans quelques-uns.

La *Mauconseil* est toujours très-bien avec
la d'*Argenson* ; elles n'ont cessé de se voir
à la petite maison de Neuilly. Cette femme
est à toute main ; l'intrigue est son élément;
elle court du d'*Argenson* chez le maréchal
de Coigny ; elle veut absolument se donner un air important. Vous aurez toujours
à volonté sa personne, mais non pas son
cœur. Il est aux circonstances, rarement à
l'amitié.

LETTRE VII.

18 *novembre* 1743.

Je croyais que la lettre que je vous ai
écrite partirait par le courrier du maréchal; mais elle arriva trop tard à Fontainebleau. Je vous écris encore par *Chavigny* :
il vous dira bien des choses; il a vu par lui-
même la pétaudière qui règne ici. Question-
nez-le bien amplement, il vous en dira
peut-être encore plus qu'à moi.

Comptez que chaque ministre est maître

absolu dans son département, et , comme il n'y a point de réunion , que personne ne communique , ni ce qu'il fait , ni ce qu'il veut faire , à moins que Dieu n'y mette visiblement la main , il est physiquement impossible que l'état ne culbute. *Chavigny ,* qui a la plus mauvaise opinion *d'Amelot ,* prétend qu'il a bien observé , pendant la dernière heure qu'il a été entre le roi et lui, la contenance du roi ; il en a conclu que le roi n'est point mal disposé pour *Amelot ,* et que sûrement il gardera sa place.

Les ministres sont déchaînés contre le maréchal et mon frère : ils les craignent tous deux ; et, comme ils ne peuvent ignorer que le maréchal a la confiance du roi, c'est principalement à lui qu'ils s'attachent. Ils voudraient, du fond de leur cœur , qu'il fût battu par les Anglais : c'est pour y parvenir qu'on l'a traversé depuis le commencement de la campagne. Il est vrai que *d'Argenson* a fait le mal principal ; mais comptez que les autres l'ont bien secondé , et d'autant plus hardiment , qu'ils n'y ont pas paru. *Orry* est le plus dangereux. C'est un homme qui, sous l'apparence de la franchise, et même de la grossièreté, cache beaucoup de finesse et de ruse ; il a d'ailleurs plus de tête que les autres, et plus d'extérieur : il n'est pas douteux que le cardinal n'ait prévenu le roi en sa faveur. Cet homme, qui se voit en possession des trésors du royaume, dont il dispose à son gré, craint, plus que tout, que le roi ne soit éclairé sur les voleries ; et, comme il peut dire tout ce qu'il veut, sous prétexte de dire la vérité, il dit au roi, dans ses entretiens particuliers, ce qui peut détourner sa confiance et de mon frère et du maréchal. D'ailleurs, il est maître des postes, par *Dufort*, qui est son très-humble valet. Ne doutez pas que cette voie, qui lui est ouverte, ne lui fournisse les secours dont il a besoin pour parvenir à son but. Je ne vois que vous qui puissiez remédier à tout cela, en unissant le maréchal et mon frère de la manière la plus intime. Mon frère, comme je vous l'ai déjà mandé, tiendra tous les engagemens que

11.

vous aurez pris avec lui. Au bout du compte, c'est, de toutes les raisons que les *Noailles* peuvent prendre, la plus convenable et la plus sûre pour eux. Nous n'avons point de famille, nous ne tenons à la cour qu'à vous : le crédit de mon frère, s'il en avait, se bornerait donc à obtenir des choses que vous devez obtenir par vous-même. Depuis que *d'Argenson* s'est livré au parti *Coigny*, il s'est encore plus éloigné de mon frère ; il ne lui a absolument rien dit : il craint, avec raison, qu'il ne s'opposât aux ordres ridicules qu'il a donnés à M. *de Noailles*.

On fait valoir M. *de Coigny* à l'excès ; les troupes, dit-on, ont en lui une entière confiance, parce qu'elles sont assurées qu'il paie de sa personne, et que le courage est ce qui les frappe, ce qui leur impose le plus. Ce discours, tel que je viens de vous l'écrire, m'a été tenu hier par madame *de Muy*. Vous vous souviendrez qu'elle était livrée à *Chauvelin*, et qu'elle et son mari le sont aujourd'hui au contrôleur - général. Je suis contente de *Chavigny* ; j'ai lieu de croire, à plusieurs marques, qu'il est de très-bonne foi des amis de mon frère, et qu'il souhaiterait le voir à la tête des affaires étrangères. Il croit qu'on y viendrait sûrement par l'Espagne. Il faudrait que le roi d'Espagne en écrivît à son neveu ; mais le pas est glissant, et si l'on n'arrive pas par ce moyen, on est sûrement culbuté. A propos, *Chavigny* vous dira qu'*Amelot* compte sur le maréchal : je crois qu'il se trompe ; il faut pourtant que vous le sachiez.

Une autre chose qui me paraît plus importante qu'elle ne vous paraîtra peut-être, c'est le froid qu'il y a entre le maréchal et *du Verney*. On sait que les *Páris* ne sont pas gens indifférens ; je les ai vus enthousiasmés du maréchal : ils lui étaient attachés, et le lui seront toujours par préférence à tout autre : mais, comme ils sont riches par-dessus les yeux, et que leur ambition se borne à faire le fils de *de Mont-martel*, garde du trésor, ils ne peuvent être pris que par l'amitié. Ils ont beaucoup d'amis, tous les souterrains possibles, et de l'argent à répandre; voyez, après cela, s'ils peuvent faire du bien ou du mal.

Le maréchal *de Maillebois* se brouilla avec eux comme un sot; et, entre nous, je suis persuadée que cette brouillerie lui a plus nui que sa conduite. Je voudrais, s'il y a de la froideur entre le maréchal et *du Verney*, que vous travaillassiez à les rapatrier; vous leur rendriez à tous deux un bon service, et vous acquerriez des gens qui pourraient ne pas vous être inutiles. Tout sert en ménage, quand on a en soi de quoi mettre les outils en œuvre. Au reste, je vous dis tout ce que je pense, et tout ce qui vient au bout de ma plume. La confiance sans borne est la suite de la véritable amitié. Celle que j'ai pour vous est telle, que je ne sache personne qui puisse l'emporter dans mon cœur. J'aime mon frère et ma sœur comme je vous aime, mais je ne les aime pas mieux. *Maurepas* a dit à *Pont - de - Vesle*, qu'il ne comprenait pas mon frère de trouver tant d'esprit à *Charigny*; que, pour lui, il lui en trouvait

très-médiocrement; que de plus c'était un
fripon.

Mon frère a dit à *Chavigny* le premier
article, et n'a pas osé lui dire le second; je
ne le lui ai pas dit non plus, mais je le lui
ai fait entendre.

Il me vient dans l'esprit qu'il faudrait engager le maréchal, et le disposer à dire au
roi qu'il serait bon, pour le bien de ses affaires, qu'il eût des conférences avec lui
maréchal et avec mon frère. Si le roi était
soutenu par la présence du maréchal, il aurait peut-être moins peur de mon frère, et
pourrait par là s'accoutumer à lui. Le gascon dit que madame *de la Tournelle* en a
bonne opinion, qu'elle en parle comme d'un
homme de tête et capable de bien entendre les affaires. Voici ceux qui sont à la tête
du parti : *Coigny*, *d'Argenson*, madame
de Mauconseil, le marquis *Matignon*, qui
conduit les intrigues, et qui fait répandre
dans le public et dans les cafés les discours
qu'il veut accréditer, et M. *d'Enville* pour
épier dans les petits cabinets.

M. *de Maurepas* est dans cette cabale aussi bien qu'*Amelot*, mais sans se concerter avec les autres. Ils font porter au maréchal *de Coigny* les avis qu'ils veulent lui donner par la petite figure qui les écrit au petit *Coigny*. Je vous ai mandé qu'elle avait même voulu exiger du petit *Coigny* de lui envoyer la copie de toutes les lettres du maréchal, et qu'il lui avait répondu qu'il ne le pouvait pas, quelque envie qu'il eût de satisfaire M. *de Maurepas ;* qu'il le priait de considérer que ce qu'il exigeait de lui le perdrait auprès du roi, si l'on venait à découvrir leur intelligence; que son père était très attaché à M. *de Maurepas,* qu'il le serait toujours; qu'il comptait aussi entièrement sur lui.

Ce qui vous étonnera, c'est que monsieur l'évêque de Mirepoix est pour *Coigny,* ou du moins contre le maréchal *de Noailles ;* la raison, c'est qu'il croit tous les *Noailles* jansénistes. La *du Châtelet* court actuellement les champs; elle est à Lille, où elle est allée pour être plus à portée des nou-

velles de *Voltaire,* dont elle n'a pas reçu
de lettre depuis le 14. C'est une tête bien
complètement tournée; elle me fait grand'
pitié, malgré le mal que je lui veux de s'ê-
tre tournée du côté de *Maurepas.* On n'a
pas dit le mot à *Chavigny* de la négociation
avec le roi de Prusse; elle est pourtant en
très-bon train, à ce que m'a dit la *du Châtelet.* Adieu, mon cher duc, je ne vous
parle plus de la princesse; il ne faut pas se
brouiller avec elle, par les raisons que je
vous ai dites.

Le roi a écrit à *Dufort* qu'il voulait que
les extraits de lettres qu'il lui enverrait fussent datés, et que le nom et le pays de
ceux qui les écrivaient fussent marqués.

La marine a reçu cette année 14 millions,
et n'a pas mis un vaisseau en mer; tirez sur
cela vos conséquences. C'est par là qu'il
faut attaquer le *Maurepas.*

LETTRE VIII.

9 *novembre.*

Depuis ma dernière lettre écrite, j'en ai reçu une de mon frère; il me mande que *de Bets* a vu madame *de la Tournelle* sous les auspices du chevalier *Grille*. La conversation n'a roulé que sur l'idée dont je vous ai parlé dans ma lettre. Le roi survint et interrompit la conversation qui doit se reprendre; je vous dirai ce qu'elle produira. J'aurais voulu qu'on vous eût entendu, et je l'avais conseillé; mais il faut que le renouvellement du bail des fermes ait obligé *de Bets* à parler. Madame *de Boufflers* vous écrit; je l'ai vue hier, et lui ai conseillé d'avoir un éclaircissement avec madame *de la Tournelle*, d'avaler les dégoûts, et d'aller son chemin. C'est *Maurepas* qui conduit la *Lauragais*, qui fait toutes ces tracasseries. Si le maréchal n'y met bon ordre, les ministres nous mangeront le gras des jambes. Ils se fortifient tous les jours.

Mon frère n'écrit plus au roi ; il me semble qu'il fait mal : si vous pensez de même, dites-le lui ; il fera ce que vous lui conseillerez.

LETTRE IX.

20 mars 1744.

Vous savez sans doute, mon cher duc, qu'il est question que le roi doit prendre ce printemps le commandement de son armée. On dit que c'est l'ouvrage de madame *de Châteauroux*, qui a pensé comme mon frère, et qui a vu que c'était le seul moyen de rétablir les affaires. Vous devez bien penser que cela ne transpire pas. Ce que je puis vous dire, c'est que madame *de Châteauroux* paraît plus contente d'elle dans ce moment. Il est facile de voir qu'elle a plus de crédit ; et, quant à moi, je puis vous assurer que je suis fort aise, en mon particu-

lier, qu'elle s'en serve aussi avantageuse-
ment.

Voilà donc le vœu de mon frère exaucé !
et j'ai peine à croire que madame *de Châteauroux* n'en ait pas eu connaissance. Elle
est enfin parvenue à donner une volonté au
roi : ce n'est point un petit ouvrage, on
doit lui en avoir obligation. Mandez-moi
ce que vous pouvez savoir de particulier sur
cet objet, pourvu que cela ne soit pas une
vaine espérance qui s'évanouisse comme
tant d'autres. Si le roi fait cette première
démarche, il faut espérer que l'impulsion
une fois donnée subsistera quelque temps.
On assure qu'elle a employé les plus grands
moyens pour réussir ; cela fait l'éloge de
son adresse et de son esprit.

N'oubliez pas qu'il faut que mon frère
obtienne quelque chose, et qu'il est temps,
plus que jamais, de penser à cela. Il faut un
département à un homme qui a envie de
bien faire, et qui veut servir ses amis.

Il est question de M. *de Belle-Isle;* mais
on ne sait pas encore s'il sera employé : il

est bien avec madame *de Châteauroux*, et c'est un préjugé en sa faveur. En tous cas, il a du talent, et, s'il était moins confiant, il en aurait davantage. Mon frère vous fera part des grandes nouvelles politiques; car, pour moi, je ne puis aujourd'hui que me livrer à mon amitié pour vous, et vous en assurer pour la vie.

Fin des Lettres de madame de Tencin, à M. de Richelieu.

EXTRAIT

D'UNE LETTRE DE MADAME DE TENCIN,

A M. DE FONTENELLE.

Je ne sais si vous m'avez fait du bien ou du mal de me donner quelque connaissance de la philosophie de *Descartes :* il ne s'en faut guère que je ne m'égare avec lui dans

les idées qu'elle me fournit : tous les tourbillons qui composent l'univers, me font
imaginer que chaque homme en particulier pourrait bien être un tourbillon. Je
regarde l'amour-propre, qui est le principe
de nos mouvemens, comme la matière cé-
leste dans laquelle nous nageons. Le cœur
de l'homme est le centre de son tourbillon ;
les passions sont les planètes qui l'environnent ; chaque planète entraîne après elle
d'autres planètes : l'amour, par exemple,
emporte la jalousie ; elles s'éclairent réci-
proquement et par réflexion : toute leur lu-
mière ne vient que de celle que le cœur
leur envoie.

Je place l'ambition après l'amour ; elle
n'est pas si près du cœur que la première :
aussi, la chaleur qu'elle en reçoit lui donne
un peu moins de vivacité. L'ambition
n'aura pas moins de satellites que notre Ju-
piter ; mais il deviendra différent, selon les
différentes personnes qui composent les
tourbillons. Dans l'une, la vanité, les bas-
sesses, l'intérêt, seront les satellites de l'am-

bition : dans l'autre, ce sera la véritable va-
leur, la grandeur d'âme et l'amour de la
gloire : la raison aura aussi sa place dans
le tourbillon, mais elle est la dernière ; c'est
le bon Saturne, dont nous ne ressentons la
révolution qu'après trente ans. Les comètes
ne sont autre chose, dans mon système,
que les réflexions : ce sont ces corps étrangers, qui, après bien des détours, viennent
passer dans les tourbillons des passions.
L'expérience nous apprend qu'elles n'ont ni
bonnes ni mauvaises influences : leur pouvoir se borne à donner quelques craintes et
quelque trouble ; mais ces craintes ne mè-
nent à rien : les choses vont toujours leur
train ordinaire ; le plus fort ascendant des
passions est l'amour ; et la sympathie qui
nous attache à certaines personnes dont
nous ressentons le pouvoir aussitôt que nous
les voyons, me paraît avoir bien du rapport
à la matière cachée qui unit l'aimant avec le
fer. On sait de même qu'on sent un je ne
sais quoi à l'approche de certains objets.
Voilà où se terminent nos connaissances ; et

les ressorts qui agissent secrètement en nous ne nous sont pas plus connus que la cause de l'union de l'aimant avec le fer. Je considère les taches que nous remarquons dans le soleil, comme les effets que l'âge produit en nous : il affaiblit peu à peu, et fait enfin cesser la chaleur naturelle dont le cœur tire toute sa vanité. Qui nous dit que la même chose n'arrivera pas à notre soleil? La clarté peut être absorbée par la suite des temps : nous pourrions ne différer avec lui, que du plus ou moins de durée.

FIN.

Cette COLLECTION se compose et paraîtra ainsi qu'il suit :

Tome I.ᵉʳ { Lettres de mesdames de Villars, de la Fayette et de Tencin.

Tome II. { ——— De Coulanges, de Ninon de l'Enclos, suivies de la Coquette vengée, par cette dernière.

Tome III. ——— De mademoiselle Aïssé.

Tome IV. { ——— De la duchesse du Maine, de madame de Grignan, et de la marquise de Simiane.

Tome V. { ——— De mademoiselle de Montpensier, de mesdames de Motteville et de Montmorency, de mademoiselle Dupré et de madame la marquise de Lambert.

Tome VI. { ——— De mesdames de Scudéry, de Salvan, de Saliez, et de mademoiselle Descartes.

Tome VII. ——— De madame la princesse des Ursins.

Tomes VIII et IX. { ——— De madame de Staal (mademoiselle Delaunay).

Tome X et dernier. ——— Souvenirs de madame de Caylus.

ON SOUSCRIT (*sans rien payer d'avance*).
Prix : 25 francs pour les 10 volumes in-12.
Chaque volume se vend séparément 3 francs.
Port pour la province : 60 centimes par volume.
Il paraît un volume tous les 20 jours.

www.ingramcontent.com/pod-product-compliance
Lightning Source LLC
Chambersburg PA
CBHW071826020726
47502CB00004B/1254